Manolito

Ein fantastischer Märchen-Roman

Friedrich Hechelmann

Manolito

Ein fantastischer Märchen-Roman

KNESEBECK

Inhalt

Erster Teil

1. Kapitel

Eine Begegnung

Jeden Morgen machte sich Knuth Rabenhorst auf den Weg zur Arbeit. Er lebte allein, fast einsam, unweit des wissenschaftlichen Instituts, in dem er arbeitete. Abendliche Treffen in der Kneipe waren ihm unangenehm. Er wollte sich nicht über Fußballergebnisse oder andere Beiläufigkeiten unterhalten.

Als Wissenschaftsassistent arbeitete er in einem weißen Kittel und versorgte die Insassen einer Versuchsabteilung. Er erledigte seine Aufgaben gewissenhaft und war bei seinen Vorgesetzten beliebt. Ohne sich viele Gedanken zu machen, führte er zum Nutzen des Instituts und der Pharmaindustrie seine Versuche durch. Er war mit sich und der Welt im Reinen. Und doch geschah es immer öfter, dass Knuth in tiefer Nacht aus dem Schlaf hochschreckte und sein Gewissen sich regte, ob die streng geheimen Versuche und die Qualen der Probanden wirklich zu rechtfertigen seien.

Dieser kalte Januarmorgen, an dem er sich auf dem Weg zur Arbeit durch den eisigen Wind kämpfte, verlief jedoch anders, als er es erwartet hatte. Der Portier schickte ihn in die Personalabteilung. Vom Personalchef wurde er gebeten, am großen Schreibtisch Platz zu nehmen. Dort saß er mit pochendem Herzen und feuchten Händen. Der Personalchef

auf der anderen Seite des Schreibtisches lehnte sich in seinem bequemen Ledersessel zurück und streckte den Bauch heraus. Er zog an einer dicken Zigarre, paffte den stinkenden Rauch zur Seite und vernebelte Knuth die Sicht.

»Sie wissen, wir sind mit Ihrer Arbeit immer zufrieden gewesen, lieber Herr Rabenhorst. Durch den Zusammenschluss unserer Institute haben sich nun allerdings Umstände ergeben, die uns zwingen, Personal einzusparen. Deshalb haben wir uns schweren Herzens dazu entschlossen, das Arbeitsverhältnis mit Ihnen fristgerecht zu kündigen. In Ihrem Berufszweig und mit Ihrer Reputation wird es sicherlich kein Problem für Sie sein, einen geeigneten neuen Arbeitsplatz zu finden.«

Mit dieser niederschmetternden Nachricht kehrte er in seine Wohnung im vierten Stock zurück. Sie lag direkt an einem alten Park, vom Balkon bot sich ein Blick auf mächtige, alte Bäume. Dort saß oft ein Rabe, um sich bei ihm etwas Brot zu erbetteln. Der Vogel war wohl zu früh aus dem Nest gefallen, also hatte Knuth ihn aufgezogen. Mit der Zeit war zwischen den beiden eine Beziehung entstanden und er hatte dem Tier den Namen Kasimir gegeben.

Knuth war enttäuscht und wütend. Er fühlte sich ungerecht behandelt. »Es sind doch immer die kleinen Wehrlosen, auf denen herumgehackt wird«, sagte er zu sich, »die müssen die Zeche bezahlen. Und wie geht es nun weiter? Soll ich allein in der Wohnung den Tag absitzen? Soll ich Marmelade einkochen? Soll ich die Wohnung putzen, die Wäsche machen? Wie auch immer: Zu all diesen Sachen werde ich in den nächsten Wochen und Monaten wohl genug Zeit haben.«

Er trat auf den Balkon. Kasimir kam angeflogen und fraß ihm die Brotrinden aus der Hand. Das lenkte ihn etwas von seinem Kummer ab. Er schloss die Balkontüre hinter sich, ging in die Küche und räumte das abgespülte Frühstücksgeschirr in den Küchenschrank. Dann sammelte er die benutzten Küchenhandtücher und andere Textilien für die Wäsche. Sein Blick fiel auf den weißen Arbeitskittel. Er würde ihn wohl längere Zeit nicht mehr tragen, vielleicht nie mehr. In dem weißen Mantel hatte er immer so ausgesehen, als tue er etwas Wichtiges – wichtiger, als es seine Tätigkeit in Wirklichkeit war. In dieser Arbeitskleidung unterschied er sich kaum von einem Professor, wenn man einmal von seinem Alter absah. Nun konnte der Mantel in die Wäsche.

Er war gerade dabei, die Textilien in die Trommel der Maschine zu stopfen, als er ein zartes, kaum vernehmbares Stimmchen hörte. Ob die Stimme aus der Wäschetrommel kam oder nur in seinem Kopf war, konnte er nicht sagen. Es hörte sich fast an wie leise, verzweifelte Schreie. Er konzentrierte sich, um die Quelle der Laute auszumachen.

Als er sein rechtes Ohr der Wäschetrommel näherte, wurde das Stimmchen lauter und eindringlicher. Schließlich glaubte er zu verstehen, was die piepsende Stimme rief:

»Nicht ins Karussell, bitte nicht ins Karussell, bitte, bitte! Ich will nicht ins Karussell, ich kann das nicht mehr aushalten!«

In Windeseile zog er alle Wäschestücke aus der Trommel, darunter auch den Arbeitskittel. Die Stimme schien von dort gekommen zu sein. Er griff in die Taschen des Mantels und stülpte sie dann um. Verschiedene Dinge purzelten heraus. Auf dem Boden lagen verstreut Büroklammern und eine kaputte Armbanduhr, die er noch nicht zur Reparatur gebracht hatte. Dazwischen stand, nicht viel größer als eine Kichererbse, ein Junge. Knuth wollte seinen Augen nicht trauen – das war doch nicht möglich!

»Ich kenne dich! Was machst du denn hier? Du gehörst ins Institut! Wie kommst du in meinen Kittel? Ich muss dich zurück in die Versuchsabteilung bringen.«

Seine Stimme klang hart und herzlos. Er war darauf getrimmt, unter keinen Umständen mit den Versuchsobjekten zu reden, um keine Gefühle aufkommen zu lassen. Die Probanden hatten auch keine Namen, sondern wurden lediglich mit Nummern gekennzeichnet.

»Du bist doch Nummer zweihundertsechsundzwanzig! Wie hast du es geschafft, in meine Manteltasche zu schlüpfen?«

Zweihundertsechsundzwanzig stand verängstigt und schuldbewusst neben der Uhr, vor ihm die gewaltigen Schuhe seines Betreuers. Ein winziger Schritt nach vorn hätte genügt, um Zweihundertsechsundzwanzig zu zermalmen.

Er war nackt. Das wurde bei den Versuchsinsassen aus hygienischen Gründen so gehalten. Ihm war kalt, er zitterte. In Knuth Rabenhorsts Wohnung war es auch längst nicht so warm wie im Institut, wo die Temperaturen in den Edelstahlkäfigen auf die Probanden eingestellt und immer dieselben waren.

Zweihundertsechsundzwanzig blickte zu ihm hinauf und begann mit zittriger Stimme zu erklären:

»Es war die einzige Möglichkeit, da rauszukommen. Als du meinen Käfig gereinigt hast, bin ich in deinen Ärmel geschlüpft. Dort habe ich mich an einem Knopf festgehalten, bis du die Hand in die Kitteltasche gesteckt hast. Da habe ich mich fallenlassen, gerade noch rechtzeitig, bevor du das Taschentuch zur Nase geführt hast. In der Tasche ist übrigens auch noch ein Kaugummi, den solltest du vor dem Waschen vielleicht herausnehmen. Also, ich habe mich fallenlassen, und sitze seitdem in der Tasche – bis jetzt. Als ich merkte, dass du mich in die Waschmaschine stecken wolltest, habe ich angefangen zu schreien. So etwas möchte ich nicht noch einmal erleben.«

»Wieso noch einmal?«, fragte er mit strenger Stimme.

»Weil ich vor einiger Zeit schon einmal versucht habe zu fliehen. Mit Herrn Megelein.«

»Und?«, unterbrach ihn Knuth. »Wie kam es, dass du wieder im Institut gelandet bist?«

Mit schwacher, kaum hörbarer Stimme flüsterte Zweihundertsechsundzwanzig weiter. Knuth musste sich zu ihm hinunterbeugen, um zu verstehen, was das kleine Wesen sagte. »Herr Megelein hat mich mitsamt seinem Arbeitskittel in die Waschmaschine gesteckt. Es war fürchterlich. Ich weiß nicht, wie ich das überlebt habe. Das Karussell drehte sich in einem fort, vorwärts und rückwärts, durch entsetzlich heißes Wasser. Am schlimmsten war das Ende. Es wurde immer schneller und drückte mich mit unerträglichem Getöse an die Wand der Wäschetrommel. Ich bekam keine Luft mehr, fast wäre ich ertrunken. Nie wieder will ich so etwas erleben. Als ich wieder zu mir kam, waren Herr Megelein, sein Kittel und ich wieder im Labor. Mir blieb nichts anderes übrig, als unauffällig in meinen Käfig zurückzuklettern.«

Er war erschüttert von dieser Erzählung. »Ja, aber was mache ich denn jetzt mit dir? Es hilft ja nichts: Ich muss dich wieder zurückbringen, das ist meine Pflicht.«

Zweihundertsechsundzwanzig begann zu jammern und zu klagen, er wimmerte und bettelte mit herzzerreißendem Einsatz. Er wusste, das war seine einzige Chance, und es bedurfte größter Anstrengung, denn Knuth war ein mehr als pflichtbewusster Mitarbeiter. Er führte alle Anweisungen gewissenhaft aus und dachte nicht darüber nach, welches Leid er den Versuchsobjekten mit seiner Arbeit zufügte.

»Bitte, bitte, bring mich nicht wieder zurück, hab doch ein bisschen Mitgefühl! Ich kann nicht zurück in diese eintönige Kiste. Ich war so viele Jahre ganz allein in diesem Käfig eingesperrt. Niemand hat mit mir gesprochen. Dazu die schrecklichen Versuche an meinem Körper, die langen Nadeln, mit denen man mich gestochen hat, die dicken, ungeschickten Finger, die mich manchmal fast zerquetscht hätten! Das kannst du mir nicht antun! Hab Mitleid und verschone mich. Lass mich bei dir bleiben. Ich will dir auch helfen, wo ich kann. Bitte, bitte!«

Er war verwirrt und dachte an die schrecklichen Träume, die ihn immer wieder aus dem Schlaf gerissen hatten. »Vielleicht war doch nicht alles richtig, was ich so pflichteifrig getan habe«, dachte er. »Vielleicht muss man auch mal ungehorsam sein. Als Dank für meine langjährige Arbeit haben mich die Herren heute entlassen. Ich habe nichts mehr zu verlieren. Ich bin frei, ich kann tun, was ich will. Was würde es mir nützen, wenn ich Zweihundertsechsundzwanzig ins Versuchslabor zurückbringen würde, wo es ihm wieder schlecht erginge?«

Die Falten auf seiner Stirn entspannten sich und er sagte, zu Zweihundertsechsundzwanzig hinuntergebeugt, in milderem Ton: »Also gut, ich werde dich nicht zurückbringen. Vielleicht habe ich etwas gutzumachen. Du kannst bei mir bleiben, zumindest, bis der Winter vorbei ist. Wenn die Tage wieder länger werden und es draußen wärmer ist, sehen wir weiter. Ich will dich auch nicht mehr Zweihundertsechsundzwanzig nennen. Ab jetzt heißt du Manolito. Ich bin Knuth.«

»Warum hast du mir gerade diesen Namen gegeben?«, fragte Manolito erleichtert.

»Ich hatte einen Freund. Wir kannten uns seit der Kindheit und er war mir sehr ans Herz gewachsen. Es ist noch nicht lange her, dass er bei einem Verkehrsunfall ums Leben kam. Er hieß Manolito.«

»Das tut mir sehr leid. Ich habe noch nie einen Freund gehabt, aber es muss schrecklich sein, einen guten Freund zu verlieren. Ich kann dich nicht umarmen, weil ich viel zu klein bin, aber ich fühle mit dir. Ich bin froh, dass du mir seinen Namen gegeben hast. Fortan werde ich also den Namen deines Freundes tragen«, erklärte Manolito feierlich.

2. Kapitel

Ein neues Leben

Du kannst unmöglich die ganze Zeit nackt in der Wohnung herumlaufen, auch wenn du es gewohnt bist«, bemerkte Knuth. »Wir müssen uns etwas einfallen lassen, wie wir dich bekleiden. Es muss ja nicht die neueste Mode sein.«

»Ist das, was du anhast, Mode?«, fragte Manolito.

»Na ja, irgendwie schon. Was ich trage, ist aber auch nicht gerade der letzte Schrei.«

Er wühlte in einer alten, mit Stoffresten gefüllten Kiste.

»Du bist wirklich sehr klein, das wird nicht ganz einfach. Diese Stoffreste sind noch von meiner verstorbenen Mutter. Die meisten sind zu grob und fest für ein so winziges Hemdchen, wie du es bräuchtest. Aber hier ist noch ein Stückchen Seide, der Rest einer Bluse meiner Mutter. Sie hat sich vieles selbst genäht. Damit könnten wir es versuchen.«

Knuth kramte einen Schnittmusterbogen heraus, der sich noch in der Kiste befand, und zeichnete ihn stark verkleinert auf den Stoff. Dann schnitten sie die Stoffteile mit einer feinen Nagelschere aus. Sie klebten die Ränder ab, um das Ausfransen des Gewebes zu verhindern, und fügten mit etwas zu großen Stichen die Ärmel in das Loch des Hemdchens. Es reichte bis zum Boden und bedeckte Manolitos zarte Füßchen.

Er betrachtete ihn mit Vergnügen. »Jetzt bist du eine wirklich ausnehmende Erscheinung. In meinem liebsten Kinderbuch spielte ein Elf eine große Rolle. Ich habe die Geschichte oft gelesen, du hast jetzt sehr viel Ähnlichkeit mit ihm.«

Und Manolito fragte: »Aber ich bin doch ein Mensch und kein Elf, oder?«

»Ja, du bist trotz deiner geringen Größe ein Mensch, und ein außergewöhnlicher und interessanter dazu. Total aus der Art geschlagen, etwas Besonderes!«

Manolito fühlte sich wohl und sicher in Knuths Wohnung. Sie war für ihn riesengroß, und alles war neu. Am besten gefiel ihm das Gefühl der Freiheit. Er sog es auf wie ein trockener Schwamm das Wasser.

Ständig hörte Manolito Geräusche. Es knisterte und trappelte um ihn herum und manchmal hörte er auch zarte Stimmen oder Gesang. Wenn er Knuth fragte, ob der die Stimmen auch höre, schüttelte der den Kopf. Vielleicht sei Manolito feinfühliger als er, mutmaßte Knuth, die Menschen seien ja sehr unterschiedlich – wie man schon an den Bewohnern dieser Wohnung unschwer erkennen könne.

»Komm mit, ich muss das Wohnzimmer aufräumen«, sagte Knuth. »Ich habe gestern den Christbaum abgeräumt, jetzt müssen die Kugeln in ihre Verpackungen zurück.«

Er hob Manolito auf seinen Handrücken, ging ins Nebenzimmer und setzte ihn zwischen den bunt schillernden Christbaumschmuck. In einer silbern verspiegelten Kugel sah Manolito nun zum ersten Mal seine ganze Gestalt. Sein plötzliches Kichern war lauter, als er es gewohnt war.

»Soll das etwa ich sein, mit diesem Eierkopf und dem wallenden Gewand, mit diesem hässlichen Körper, erst dünn, dann wieder ganz breit, wie ein Kobold, ein Zwerg, ein Alraunengeschöpf! Das kann nicht ich sein. Du siehst doch völlig anders aus«, sagte Manolito.

»Schau, wie ich in der Kugel aussehe«, antwortete Knuth. »In der Kugel ist mein Gesicht genauso verzerrt wie dein Körper. Das Bild in der Kugel ist ein Zerrbild. Was wir sehen, ist nicht immer die Wahrheit. Manchmal werden wir getäuscht.«

Manolito blickte zum Fenster und rief voller Begeisterung: »Sieh doch nur, was draußen los ist! Weiße Sterne fallen vom Himmel.«

»Ich will es dir zeigen, komm mit«, sagte Knuth.

Zum Schutz vor der Kälte wickelte er Manolito in ein kleines Tuch, trug ihn auf den Balkon und setzte ihn auf der Schneedecke ab.

»Ach schau, wer hier angeflogen kommt. Das ist mein Rabe. Er heißt Kasimir und ist zahm. Er tut dir nichts.«

Staunend, aber ganz ohne Angst, betrachtete Manolito das große schwarze Tier. Aber mehr noch interessierte ihn der Himmel.

Knuth flüsterte: »Es schneit, das sind Schneeflocken, Eiskristalle. Jedes hat seine eigene Form, keines ist wie das andere. Sie fallen millionenfach.«

Manolito streckte die Hand aus. Eine Schneeflocke ließ sich auf ihr nieder und füllte seine ganze Hand. Er spürte die Kälte.

»Lass uns hineingehen ins Warme«, sagte Manolito. Er machte große Augen, als sich die Flocke in seiner Hand blitzschnell vor seinen Augen in einen Wassertropfen verwandelte.

Knuth erklärte: »Jetzt hältst du eines der vier Elemente in der Hand.«

»Vier Elemente?«, fragte Manolito.

»Die Luft, die wir atmen, ist ein Element. Die Erde, in der die Pflanzen wachsen – du wirst sie im Frühling sehen –, ist auch eines. Und das Feuer, das alles verzehren kann, ebenfalls. Schau her!«

Er zündete eine Kerze an und zeigte Manolito, wie sich das Streichholz mit dem Lauf der Flamme in Kohle verwandelte.

Manolito hielt sein Händchen über die Flamme. »Oh, wie heiß das Feuer ist!«

»Das ist das vierte Element. Um zu leben, brauchen wir auf dieser Welt alle vier Elemente. Das Wasser ist das Wandelbarste unter ihnen. Schau, die Wolken, aus denen die Eiskristalle fallen, bestehen auch aus Wasser. Es zeigt sich am Himmel nur in einer anderen Gestalt. Wasser kreist unaufhörlich um unsere Erde. Es zeigt sich im Nebel, im Tau, im Regen und im Eis, und auch als Gletscher in den hohen Gebirgen. Ohne Wasser gibt es kein Grün, keine belebte Natur. Aus dem Wasser kommt alles Leben.«

»Irgendwann will ich das alles mit eigenen Augen sehen«, bemerkte Manolito.

»Ich denke, die Zeit wird kommen«, antwortete Knuth.

Die Dunkelheit war hereingebrochen, zu dieser Jahreszeit brannte die Kerze auf dem Tisch fast immer. Knuth deckte den Tisch und trug das Abendessen auf.

Plötzlich sagte er: »Warte, da fällt mir etwas ein: Vielleicht habe ich eine kleine Überraschung für dich.«

Mit großen Schritten stürzte er in die Abstellkammer und holte aus einem Regal eine staubige Puppenstube, zu der sogar eine Küche gehörte.

»Wir müssen sie nur etwas von Staub und Spinnweben befreien.«

Er stellte das alte Stück aus dem Besitz seiner verstorbenen Mutter neben den Tisch.

Manolito machte große Augen. »Uiii, das ist ja klasse! Mmh, noch etwas zu groß für mich. Die Puppe muss aus dem Bettchen, auf diese Weise kann ich mich künftig dort hineinlegen. Endlich ein weiches Bett, nicht so eine harte Pritsche wie im Institut. Da kann ich mich gemütlich einkuscheln und endlich schlafen, so lang ich will. Kein böser Wärter kommt in aller Frühe, und ich muss mich auch nicht mehr vor den riesigen Injektionsnadeln und bösen Fingern mit entsetzlich roten Fingernägeln fürchten.«

»Das waren die Assistentinnen«, sagte Knuth. »Versuch einfach, nicht mehr an diese Zeit zu denken!«

Er holte Manolito aus seinem neuen Bettchen, setzte ihn auf den Tisch und stellte für ihn das Geschirr aus der Puppenküche neben das seine.

»Wenn du möchtest, kannst du künftig von diesen Tellern und Schüsseln speisen. Meine Teller sind so groß, dass du dich unter dem Tellerrand verstecken könntest.«

»Wunderbar, ich esse vom Puppengeschirr deiner Mutter. Sie muss nett gewesen sein. Du bist ja auch nett. Das war früher allerdings anders. Aber ich weiß schon, du hast nur getan, was man dir gesagt hat, und konntest nicht so, wie du wolltest.«

»Ja, so ist es wohl gewesen. Übrigens werde ich mir einen anderen Job suchen und nicht mehr in meinem alten Beruf arbeiten«, erklärte Knuth.

»Das finde ich gut. So eine Arbeit sollte niemand verrichten!«

»Lass uns beim Essen über schönere Dinge reden!«

Doch Manolito antwortete: »Das kann ich erst, wenn ich schönere Dinge erlebt habe.«

»Daran werden wir arbeiten. Einen Anfang haben wir schon mal gemacht.«

Manolito ließ nicht locker: »Hast du denn gewusst, was in diesem Institut passiert?«

»Nein, ich weiß nicht viel darüber, weil ich nicht zu der höheren Stufe der Geheimnisträger gehörte«, antwortete Knuth. »Die Ziele der Forschungslabors sind geheim, und es ist nie etwas nach außen gedrungen.«

»Dann will ich dir erzählen, was ich darüber weiß«, sagte Manolito. »Es gibt eine ganze Schar von feinen Herren und auch Damen in weißen Mänteln, die in Labors in einem anderen Gebäudetrakt forschen und experimentieren. Die Experimente sollen oft sehr gruselig sein, das will ich dir im Detail nicht beim Essen erzählen. Aber das Entsetzlichste ist, dass diese genialen Forscher den Bauplan des Menschen, der Tiere und der Pflanzen verändern wollen. Es sollen neue Formen und Arten entstehen. Was das für die Natur bedeutet und welche Folgen das haben wird, ist diesen Menschen gleichgültig. Denn ihr wichtigstes Ziel ist das Geld: Wer davon am meisten hat, ist der König. Dafür ist ihnen jedes Mittel recht, auch die Veränderung der Natur. Diese Forscher experimentieren mit Viren und Bakterien, die tödliche Krankheiten verbreiten. Sie werden als Waffen verwendet, um die Einwohner anderer Länder in großer Zahl zu töten. Es sind neue Varianten der Atombombe, die dort hergestellt werden. Es sind wahre Teufel.«

»Jetzt sag mir mal: Woher weißt du das alles?«, fragte Knuth.

»Mmh, ich hab's herausbekommen, durch Kontaktpersonen.«

Manolito wechselte schnell das Thema, er war noch nicht bereit, seine wirkliche Quelle preiszugeben. Doch dem Leser soll die Quelle dieser schrecklichen Geheimnisse nicht verborgen bleiben: Man muss wissen, dass Manolito ein ganz besonderes Wesen war. Er hatte den Körper eines Menschen, wenn auch kaum größer als eine Kichererbse und kaum schwerer als eine Daunenfeder. Manolitos Seele jedoch war die eines Elfen. Als solcher verstand er die Sprache aller Tiere und konnte sich mit ihnen unterhalten, denn die Tiere verstanden auch ihn. Dieses Geheimnis wollte er vor Knuth bewahren. Er wusste, dass es kaum einen Menschen gab, der solche »Ammenmärchen« geglaubt hätte. Außerdem ist es gut und wichtig, manche Geheimnisse in seinem Herzen zu behalten und nicht alles auszuplaudern.

Knuth fiel auf, dass sich Manolitos Größe verändert hatte, seit er in seiner Wohnung war. Sie schwankte – nicht viel, aber doch merklich: Mal war er ein wenig kleiner, dann wieder ein wenig größer. Manolito schien diesen merkwürdigen Umstand noch gar nicht bemerkt zu haben, Knuth hingegen war mehr als neugierig, denn er konnte keine Erklärung dafür finden.

3. Kapitel

Begegnung mit einer seltsamen Art

In seiner ersten Nacht bei Knuth schlief Manolito wonniglich und tief. Als er erwachte, schien die Sonne in die Puppenstube und zuerst wusste er gar nicht, wo er war. Keine sterilen Edelstahlwände, kein grelles Neonlicht, keine ohrenbetäubenden Schreie der Probanden. Er genoss die Ruhe. Es war einfach wunderbar, in einem weichen Bett zu liegen – gar kein Vergleich zu der Kunststoffpritsche der vergangenen Jahre.

Knuth war an diesem Morgen bereits unterwegs zum Arbeitsamt wegen eines Jobs, also war Manolito zum ersten Mal ganz allein in der großen Wohnung. Die Orientierung fiel ihm schwer, deshalb war er froh um seine kleine Stube, darin fand er sich zurecht. Als Erstes machte Manolito sich daran, die Puppenstube vom verkrusteten Staub der vielen Jahre zu befreien. Diese Stube wurde für Manolito zum Zentrum von Knuths Wohnung und sein Refugium. Hier fühlte er sich wohl, behaglich und geborgen. Er konnte immer noch kaum glauben, dass seine Flucht gelungen und alles so positiv gekommen war.

Bald trieb Manolitos Neugierde ihn jedoch dazu, die gesamte Wohnung zu erkunden. Der Boden war unübersehbar groß. Manolito sah nur Tisch- und Stuhlbeine, und in weiter Entfernung die verschnörkelten Füße der Kommoden und Schränke – Knuth

hatte seine Wohnung mit den alten Möbeln seiner Mutter eingerichtet. Teppiche halfen Manolito bei der Orientierung.

Unter Knuths Bett war es staubig. Von dort hörte Manolito seltsame Stimmen, die ihm gänzlich unbekannt waren. Besonders interessant war eine Abstellkammer in der Nähe der Haustür. Dort lagerten Zeitungsstapel und kleine Schachteln, die er besteigen konnte. Sein Körper war gelenkig und biegsam. Schnell kletterte er in einer Ecke auf eine alte, verstaubte Schuhschachtel. »Alles ein bisschen wacklig hier, aber auf dem Ding dort oben könnte man bestimmt gut schaukeln. Ich versuche hinaufzusteigen. Ein paar Schachteln als Treppe, das müsste gehen.« Er machte sich daran, sein Vorhaben umzusetzen.

Plötzlich hörte er eine helle, leise Stimme sagen: »Bitte, bitte nicht. Nicht in mein frisches Netz, ich habe es gerade erst fertiggestellt, es war sehr viel Arbeit. Ich brauche dieses Netz, um meine Nahrung zu fangen.«

»Ich kann dich bei dem schlechten Licht nicht gut sehen. Komm doch heraus aus deinem dunklen Loch! Ich wüsste gern, mit wem ich rede«, sagte Manolito selbstbewusst.

Taps, taps, machte es und knackte in den alten Gelenken des Tieres. Endlich stand eine seltsame Gestalt, ungefähr in seiner Größe, vor ihm im gedämpften Licht der Kammer.

Manolito konnte sich nicht halten bei ihrem Anblick. »So etwas habe ich ja noch nie gesehen! Du hast ja noch dünnere Beine als ich, und dieser runde Körper in der Mitte sieht aus wie ein Knopf. Genierst du dich nicht? Du siehst ziemlich hässlich aus, wahrscheinlich hast du recht damit, dich nicht zu zeigen.«

»Ja, deshalb versteckt sich meine Art den ganzen Tag«, sagte das Tier. »Die Menschen nennen uns Spinnen. Sie ekeln sich vor uns und zerstören unsere Netze. Die meisten Menschen – wir nennen sie Paarfüßler – wissen gar nicht, dass wir ihnen helfen. Wir fangen mit unseren Netzen die lästigen Fliegen und Mücken, die sie nicht mögen und die viele Krankheiten übertragen. Aber stattdessen sprühen die Menschen lieber Gift, wie Herr Rabenhorst. Damit töten sie auch uns. Auf diese Weise haben die Paarfüßler schon viele Mitglieder meiner Familie umgebracht. Andere sind im Staubsauger gelandet. Wenn das so weitergeht, werden wir bald nicht mehr da sein. Die Fliegen und Mücken werden überhandnehmen und das versprühte Gift wird sein Unheil verbreiten.«

»Jetzt verstehe ich! Du bist das, was ich immer gehört habe. Dieses Wispern und Knistern ist das Geräusch, mit dem du deine Netze spinnst. Danke für die Erklärung, da habe ich schon wieder was gelernt: Nur weil ein Tier seltsam und eklig aussieht, muss es noch lange nicht bösartig sein, sondern kann sogar einen Nutzen haben.«

»Kannst Liesa zu mir sagen, auch wenn du mich hässlich findest. Wir müssen ja nicht gleich heiraten. Aber respektieren könnten wir einander.«

»Du hast recht. Ich heiße Manolito.«

»Ich würde in der Wohnung gern noch mehr Netze anbringen. Könntest du bei Herrn Rabenhorst vielleicht ein gutes Wort für mich einlegen?«, fragte Liesa.

»Ich werd's versuchen«, antwortete Manolito.

Am Abend, als Knuth mit Tüten und Taschen behängt nach Hause kam, zeigte Manolito ihm stolz seine geputzte Puppenstube. Er freute sich darüber wie ein Schlossherr.

»Übrigens, was ich dich noch fragen wollte«, bemerkte Manolito schließlich. »Was machst du eigentlich gegen Ungeziefer? Du wirst doch nicht etwa Gift versprühen? Damit vergiftest du nämlich auch dich selbst. Und mich, denn bei meiner Größe wirken diese Gifte hundertmal stärker als bei dir.«

»Oh, daran habe ich noch gar nicht gedacht. Gut, dass du es sagst. Ich werde daran denken und kein Gift mehr verwenden.«

Manolito war noch nicht fertig: »Außerdem finde ich Spinnweben interessant. Ich könnte mir vorstellen, dass die bald groß in Mode kommen!«

»Gut, wir werden künftig nur alte, verstaubte Netze entfernen«, lachte Knuth.

Liesa lauschte in einer Ecke des Zimmers und freute sich. Sofort begann sie zu weben.

Im Grunde hatte Knuth Rabenhorst neben seinem streng bürokratischen Wesen auch eine erfinderische, kreative Anlage. Diese bekam nun Gelegenheit, sich zu entwickeln. Jetzt, da er arbeitslos war, hatte er viel Zeit dafür. Also setzte er sich an seinen Schreibtisch und machte sich daran, eine Kurzgeschichte zu verfassen.

Da klingelte es an der Tür. Manolito hörte das Klingeln zum ersten Mal und lauschte etwas verschreckt neben dem Nachttopf in seiner Puppenstube.

Als Knuth öffnete, stand Herr Megelein vor der Tür.

Manolito konnte ihn zwar nicht sehen, erkannte den Unhold aber sofort an der Stimme. Er wollte seinen Ohren kaum trauen. Ihm wurde kalt und sein kleiner Leib zitterte wie Espenlaub.

Herr Megelein sagte: »Haben Sie schon gehört, Herr Rabenhorst, am Institut ist etwas Schreckliches geschehen? Nummer Zweihundertsechsundzwanzig ist es offenbar gelungen, aus dem Versuchslabor zu fliehen. Die gesamte Versuchsreihe wäre wertlos, wenn er uns abhandengekommen ist. Er war das einzige Exemplar, bei dem die Versuche die gewünschte Wirkung gezeigt haben. Es darf nichts nach außen dringen. Sie wissen ja vielleicht, dass man es bei den Experimenten mit einigen Gesetzesvorschriften nicht so genau genommen hat. Das viele Geld und die Arbeit, alles wäre umsonst, wenn Zweihundertsechsundzwanzig nicht wieder auftauchen würde. Wissen Sie etwas, haben Sie ihn vielleicht gesehen? Wie konnte das nur passieren?« Herr Megelein raufte sich die Haare und stampfte mit dem Fuß auf den Boden.

Knuth tat überrascht. Er erklärte, dass er keine Ahnung habe und sich in keiner Weise erklären könne, wie so ein Ausbruch gelingen konnte. In jedem Fall lasse die erfolgreiche Flucht von Nummer Zweihundertsechsundzwanzig auf einen erheblich hohen Intelligenzquotienten schließen.

»Das ist es ja eben, Herr Rabenhorst, denken Sie nur: Was man mit einem so gescheiten Probanden alles anfangen könnte! Wir wollen doch, dass alles so kontrollierbar bleibt, wie es ist!«

Knuth wollte das Gespräch möglichst schnell zu Ende bringen. »Ich kann Ihnen in dieser Angelegenheit leider nicht weiterhelfen. Aber ich wünsche viel Erfolg bei Ihren Nachforschungen«, sagte er nur noch.

Dann verschwand Herr Megelein hinter der sich schließenden Tür. Knuth hatte ihn vorsichtshalber gar nicht erst in die Wohnung gebeten.

»Mein Gott, die suchen nach dir. Wie gut, dass du so klein bist, Manolito. Da werden sie dich nur sehr schwer entdecken.«

Trotzdem bekam es Knuth mit der Angst zu tun. Was wäre wohl, wenn sie Manolito bei ihm finden würden?

4. Kapitel

Die Eintrittskarte

Einige Wochen vergingen. Manolito hatte sich gut eingelebt, wenn es auch zwischendurch Auseinandersetzungen und Diskussionen mit Knuth gegeben hatte.

Manolito hatte sich zu einem guten Kletterer entwickelt. Es war erstaunlich, wie behände er Stege und Absätze fand, um Wände oder Schränke zu erklimmen. Über seine neu gewonnene Freiheit war er jeden Tag froh.

Eines Tages, als Knuth wieder einmal außer Haus war, hatte Manolito auf diese Weise auch das Badezimmer und den Rand der Badewanne erreicht. Eine kleine Mutprobe war angesagt. Einsam tanzte Manolito also auf dem schmalen Rand um die Badewanne, wie in einer Manege auf dem Seil. Mit seinen dünnen Beinchen tapste er vor und zurück, von einem Bein auf das andere, und hob die Händchen, als wäre er eine Ballerina. Dabei geriet er unversehens auf feuchten Grund, rutschte – schlupp! – und glitt an der steilen, glatten Wand in die Tiefe, bis auf den Boden der Badewanne.

Da saß er nun. Wütend raufte sich Manolito die Haare. Wie sollte er diese hohen Wände wieder hinaufkommen, die zudem noch unheimlich glitschig waren? Er war gefangen. Unendlich lange hockte er in diesem trostlosen Krater. Niemand hörte ihn, keiner kam. Schließlich brach die Dämmerung durch das kleine Badfenster. Manolito wurde unendlich traurig. Bot der Abfluss einen Ausweg? Er blickte hinunter in die erschreckende Dunkelheit, aus der ein ekelerregender, modriger Geruch aufstieg.

»Was mag dort unten sein? Welches Untier verströmt dort seinen giftig stinkenden Atem?«, fragte er sich.

Unaufhörlich ließ der Wasserhahn eintönige Tropfen in die Wanne fallen – plupp, plupp, plupp. Würde der Hahn aufgedreht, würde das Wasser Manolito unweigerlich in die stinkende Tiefe reißen, das war ihm klar. Wie sollte man ihn hier finden? Wenn Knuth nach Hause käme, würde er in der Badewanne sicher zuallerletzt nach Manolito suchen. Manolitos Stimme war zu leise, um quer durch die Wohnung von Knuth gehört werden zu können. Manolito war der Verzweiflung nahe und wollte gerade alle Hoffnung aufgeben, da hörte er ein Geräusch.

Krck, krck, krispel, krispel, machte es, und auf dem Wasserhahn erschien Liesa.

»Was machst du denn da unten?«

»Du bist mein rettender Engel«, schrie Manolito nach oben.

Lisa antwortete: »Sieh an, sieh an! Als du mir das letzte Mal begegnet bist, hast du mir noch erzählt, wie hässlich ich sei – so hässlich, dass ich mich doch lieber verstecken sollte. Und jetzt bin ich plötzlich ein Engel? Bekanntlich sind die ja sehr schön. Was denkst du denn nun?«

»Ich sitze seit Stunden hier unten und möchte jetzt wirklich nicht über Schönheit diskutieren. Hast du vielleicht eine Idee, wie ich aus diesem elenden Loch herauskomme?«

»Das ist eine Badewanne und kein Loch«, rief Liesa in die Tiefe. »Ich werde mir etwas einfallen lassen.«

Liesa wusste natürlich, dass es ganz einfach für sie war, Manolito zu befreien, aber sie ließ ihn noch ein wenig schmoren.

»Hmmm, tja, das ist nicht unproblematisch. Doch ja, das könnte gehen, wahrscheinlich kann ich dich bergen. Ich versuche, meinen Faden am Wasserhahn zu befestigen. Dann lasse ich mich wie ein kühner Bergretter zu dir hinunter.«

Manolito hatte Bedenken: »Wird der Faden uns denn beide aushalten?«

»Keine Sorge, mit meinen Fäden kann ich problemlos ein Dutzend von deiner Größe abseilen.«

»Was sagst du? Ich hab dich nicht ganz verstanden.«

»Das erkläre ich dir später«, gab Liesa zurück.

Langsam und vorsichtig ließ sie sich an ihrem selbst gesponnenen Seil hinunter auf den Grund. Unten angekommen, sagte sie: »Jetzt beruhige dich erst mal, es wird alles gut. Setz dich auf meinen Vorderleib und halte dich an meinem Hinterleib fest. Und jetzt atme tief durch. Schau nicht zurück, wenn wir nach oben gleiten, sonst wird dir schwindelig. Ich kann natürlich nach unten sehen, denn ich bin ein Profi! Achtung, fertig, los geht's!«

Anfangs ging es in Windeseile nach oben, wie es sich für eine Spinne geziemt. Manolito kam sich vor wie in einem Aufzug. Liesa spürte Manolitos zarte Hände auf ihrem Leib. Noch nie hatte sie jemand so sanft berührt. Es war sehr angenehm. »Wahrscheinlich kann ich lange darauf warten, wieder einmal so zärtlich gestreichelt zu werden«, dachte sie bei sich. »Man sollte genießen, was einem das Leben beschert!« Sie verlangsamte ihr Tempo.

Als Manolito das bemerkte, beschwerte er sich: »Was ist los, weshalb wirst du so langsam?«

Liesa behielt ihre wahren Beweggründe für sich und schnaubte künstlich unter der vermeintlichen Last von Manolitos Gewicht. »Gemach, gemach, du bist ganz schön schwer! Das Leben ist schon eine große Plage. Ob ich das noch schaffen werde?«

Sie wurde noch langsamer und genoss Manolitos Berührung in vollen Zügen. Aber schließlich war sie schnaubend auf dem Wasserhahn angelangt. Manolito stieg ab und sie standen sich gegenüber.

»Wie soll ich dir bloß danken, Liesa?«

»Freunde sollten einander helfen«, antwortete die Spinne. »Das Leben wird manchmal einfacher dadurch.«

An jenem Tag war Knuth wieder einmal auf Arbeitssuche. Er hatte etliche Vorstellungsgespräche absolviert, doch bisher hatte es noch mit keinem Job geklappt. Langsam wurde das Geld knapp. Die Wohnung war auf seine Einkünfte als Institutsmitarbeiter angelegt. Er musste streng haushalten und hatte sogar schon einige Schulden gemacht. Das zehrte an seinen Nerven. Gelegentlich kam es zu heftigen Auseinandersetzungen mit Manolito. Später tat es beiden dann leid und sie versöhnten sich wieder, wenn auch nicht immer sofort.

»Ich bin ja viel allein in deiner Wohnung«, sagte Manolito. »Was meinst du, Knuth, könntest du mir nicht dein Lieblingsbilderbuch auf den Boden stellen? Du weißt schon, das mit dem Elfen, an den ich dich erinnert habe, als ich das Hemd anzog. Damit könnte ich mir die Zeit vertreiben und etwas über Elfen lernen.«

Knuth musste nicht lange suchen und holte das Buch mit einem Handgriff aus dem Regal.

»Gib bitte darauf acht. Ich habe es von meinem Freund Manolito, du weißt schon, deinem Namensvetter, der bei dem Verkehrsunfall ums Leben kam. Er hat es mir zu meinem zehnten Geburtstag geschenkt. Es ist das Einzige, was ich von ihm habe. Die erste Seite des Buches fehlt. Darauf hatte er mir damals eine Widmung geschrieben. Nach seinem plötzlichen Tod war ich sehr traurig und wollte etwas von ihm bei mir tragen, so etwas wie ein Amulett. Also habe ich die erste Seite mit der Widmung herausgetrennt und trage sie seither bei mir. Nun fehlt leider der Anfang der Geschichte. Du kannst dir aber gerne mit ein bisschen Fantasie selber einen Anfang für das Buch ausdenken. Du darfst ihn sogar in das Buch hineinschreiben, wenn du willst.«

Er stellte das Buch für Manolito auf den Boden und fächerte die Seiten auseinander. So konnte Manolito die einzelnen Blätter nacheinander vor- oder zurückschieben. Zum Umblättern musste er sich mit beiden Händen und seinem gesamten Körpergewicht gegen eine Seite stemmen. Beim Lesen hatte er keine Probleme. Manolito las fließend, besser als so mancher Erwachsene.

Immer wenn Manolito nun allein war, nahm er sich das Buch vor. Er hatte großes Vergnügen an der Geschichte und den so klar gemalten Bildern. Doch schon bald bemerkte Manolito etwas Seltsames: Wenn er mit seinen kleinen Händchen über die glatten Bilder strich, spürte er deutliche Unebenheiten. Die Bilder wurden zu Reliefen. Manolito trat so dicht an das Papier heran, dass er es mit der Nase berührte, verlor einen Augenblick das Gleichgewicht und stand – schwupp – plötzlich mitten in dem Bild, das vor ihm aufgeschlagen gewesen war.

Manolito spürte eine sanfte Sommerbrise und atmete den Geruch von Moos und Erde ein. Er konnte Pflanzen und Bäume hören, sehen und betasten. Das Summen der Bienen, ein Zwitschern, Pfeifen und Schwirren versetzten ihn in eine andere Welt. Manolito hörte die Vögel singen und miteinander reden. Die Geräusche der Spinnen kannte er schon von Liesa. Ameisen und Lurche, Schmetterlinge und Käfer, viele Arten waren ihm unbekannt. Eine glückselige Neugier darauf, alles kennenzulernen, überkam ihn. »Das ist meine Heimat, meine Welt, hier gehöre ich hin. Ich bin ein Teil dieser Natur«, dachte er bei sich.

Doch Manolito wollte Knuth nicht allein lassen. Knuth hatte ihn gerettet und nicht ins Institut zurückgebracht. Manolito war hin- und hergerissen, aber nicht unglücklich. Er wusste, er würde das Buch jederzeit wieder betreten können. Es war die Eintrittskarte in eine andere Welt. Er lief den eingeschlagenen Weg zurück. Ein leichter Widerstand, ein Schritt über die Schwelle und er war wieder in Knuths Wohnzimmer. Manolito beschloss, dieses Geheimnis in seinem Herzen zu bewahren. Knuth hätte ihm ohnehin kein Wort davon geglaubt.

Kapitel 4

Mit der Zeit kam Manolito in Knuths Wohnung immer besser zurecht. Er hatte viel an den holzvertäfelten Wänden gelauscht. Es gab etliche Hohlräume in diesem alten Haus. Einmal hörte er ein Gespräch von Siebenschläfern, die kurz aus ihrem Winterschlaf aufgewacht waren. Sie hatten sich ihm nicht gezeigt und waren gleich wieder eingeschlafen, und das war auch gut so. Ihre weißen Bäuchlein und kleinen Pfötchen hätten ihm wahrscheinlich gefallen, ihre Größe hingegen hätte ihn sicher erschreckt. Aber seither wusste Manolito endlich, woher das fortwährende laute Schnarchen kam.

An einem anderen Tag entdeckte er ein Loch am Boden unter Knuths Bett. Geduldig legte er sich davor auf die Lauer, denn er war sich sicher, dass darin jemand wohnen musste. Die Geräusche sprachen eindeutig dafür. Wie eine winzige Katze kauerte er vor dem dunklen Loch. Irgendwann musste sich der Untermieter zeigen. Und wirklich, nach mehreren Stunden neugierigen Wartens wurde Manolito belohnt. Im Dämmerlicht erblickte er ein rosarotes Näschen, an dem symmetrisch an beiden Seiten lange Barthaare sprossen. Sie bewegten sich unablässig im Takt zum Schnüffeln der Nase. Manolito ahnte, dass dieses Tier für ihn zu groß war, ihm vielleicht sogar gefährlich werden konnte. Doch seine Neugierde war größer.

Unter dem Näschen bewegte sich hastig der Unterkiefer. Zwei seltsame, etwas zu lange Nagezähne wurden sichtbar.

»Oh, wer ist denn das?«, piepste eine Stimme. »Ein neuer Mitbewohner, so klein, dass er die Vorspeise für mein Frühstück abgeben könnte. Lecker, lecker.«

Doch Manolito entgegnete selbstbewusst: »Nicht so schnell! Und nicht immer gleich ans Essen denken. Es gibt ja noch andere interessante Dinge im Leben. Wir sind uns gerade zum ersten Mal begegnet, da könnten wir uns ja vielleicht erst einmal bekanntmachen. Kommst wohl vom Lande, was? Keine Manieren gelernt, eher derb veranlagt? Ich heiße Manolito. Und mit wem habe ich die Ehre?«

Die Maus war ziemlich verdutzt angesichts solcher Forschheit. Sie schien verunsichert und änderte den Ton. »Mmh, ja, natürlich. Man nennt mich Hedwig. Ich bin die letzte meiner Sippe. Mann und Kinder, die gesamte Verwandtschaft wurden von Metallklappen erschlagen.«

»Tja, meine Liebe, das kommt davon, wenn man sich im Wohnbereich der Menschen breitmacht. Was gehen euch Knuths Seifenstücke und Frotteehandtücher an? Er hat sich des Öfteren bei mir darüber beklagt, wie viel Dreck und Schaden ihr Mäuse in der Wohnung anrichtet. Überall hinterlasst ihr eure Spuren in Form von schwarzen Kötteln. Igitt, da graut es ja selbst mir wirklich!«

»Oh, jetzt hast du dich aber auch im Ton vergriffen. Was fällt dir ein, mich mit einem Schwein zu vergleichen? Außerdem sollte man wegen so kleiner Delikte nicht gleich die Todesstrafe verhängen.«

»Da hast du natürlich recht«, gab Manolito zu, »ich bin auch gegen die Todesstrafe. Wenn man kein Leben geben kann, darf man auch keines nehmen, es gibt andere Strafen. Vielleicht sollten wir einen Pakt schließen. Hör gut zu: Du nagst keine Gegenstände an und machst nichts mehr kaputt. Als Gegenleistung lasse ich dir regelmäßig Brotstücke oder andere Leckereien von der Küchentheke fallen. Es wird nicht ganz einfach, die Brocken bis an die Thekenkante zu schieben, weil sie ziemlich groß für mich sind. Aber ich werde es schon schaffen. Und deine Köttel hinterlässt du ab sofort hinter der Wandverkleidung und nicht hier in der Öffentlichkeit. Das ist nämlich unzivilisiert und unhygienisch.«

»Na, wenn ich keinen Hunger mehr leiden muss, will ich mich gern an diese Vereinbarung halten«, antwortete Hedwig. »Ich weiß, es ist alles eine Frage der Kinderstube, gell?«

»Da wäre noch eine Kleinigkeit: Ich habe da so einen Traum. Vielleicht könntest du mir helfen, ihn zu verwirklichen. In meiner Puppenstube gibt es ein Wägelchen aus Holz. Es ist als Spielzeug für Kinder angefertigt worden. Wenn wir links und rechts daran ein Band befestigen könnten, mit einem Ring in der Mitte, könntest du hineinschlüpfen wie in ein Zaumzeug. Dann hätten wir ein Gefährt, mit dem wir in der Wohnung herumfahren könnten. Das wäre doch mal etwas anderes, oder?«

»Ich werde es mir überlegen«, antwortete Hedwig. »Aber zuerst will ich mich mal richtig satt essen.«

»Na ja«, dachte Manolito bei sich, »selbst wenn sie für diesen Spaß nicht zu haben ist, muss ich jetzt wenigstens keine Mäuseköttel mehr einsammeln. Davor habe ich mich schon sehr geekelt, aber ich wollte es Knuth nie sagen.«

5. Kapitel

Neue Bekanntschaften und ein unerwartetes Ereignis

Die Tage wurden länger. Der Frühling war nicht mehr weit, auch wenn der Balkon noch mit Schneeresten bedeckt war. Die Balkontür von Knuths Wohnung war offen, wenn auch nur einen schmalen Spalt, damit der neugierige Rabe Kasimir die Wohnung nicht betreten konnte. Manolito stand in der Tür und atmete die frische, noch kühle Luft des Vorfrühlings. Da kam mit kraftvollen Schwingen Kasimir angeflogen und ließ sich vor dem Türspalt auf dem Balkonboden nieder.

»Oh, da hat Knuth sich wohl einen neuen Mitbewohner angelacht. Da hätte er sich aber auch was Besseres aussuchen können als so eine winzige Kichererbse. Muss anstrengend sein, immer aufzupassen, dass man dich nicht zertritt.«

»Nur die feinen Sachen füllt man in kleine Flaschen ab.«

»Was willst du Knirps mir denn damit sagen?«

»Groß heißt nicht automatisch gut«, erklärte Manolito.

»Da hast du recht«, krächzte Kasimir. »Genau das habe ich neulich auch gedacht, als ich in einen riesigen, völlig geschmacksfreien Kürbis hineingepickt habe.«

»Ja, und jeder kleine Kanarienvogel singt schöner als ein Papagei. Überhaupt können große Vögel nur krähen und laut krächzen, das klingt manchmal abscheulich. Die kleinen Piepmatze hingegen können bezaubernd singen.«

»Gut, jetzt weiß ich, dass dir mein ›Kraaahh‹ nicht gefällt. Pfff! Ist ja auch Geschmacksache, mein Lieber. Was du schon alles in deinem kleinen Köpfchen hast! Dir ist ja schwer beizukommen. Hast du denn auch einen Namen?«, fragte Kasimir.

»Ich heiße Manolito. Knuth ist mein Freund. Ich kenne ihn schon sehr lange. Wir haben uns im Zirkus kennengelernt bei einer Tierschau, die Knuth besucht hat. Ich habe im Ohr eines Kamels gesessen. Da hatte Knuth Mitleid. Wir haben uns gut unterhalten und gleich verstanden, und dann hat er mich mitgenommen. Aber das ist schon sehr lange her.« Im Stillen dachte Manolito bei sich: »Man kann im Leben nicht immer die Wahrheit sagen. Ob er mir helfen würde, wenn ich in Schwierigkeiten wäre? Könnte ich ihm vertrauen? Einem so großen, schwarzen, dunklen Wesen? Der Vogel ist doch unheimlich! Dazu noch die funkelnden, unergründlichen Augen. Da bin ich lieber vorsichtig.« Laut zu Kasimir sagte er: »Ich muss noch einiges für Knuth erledigen, wir sehen uns sicher bald wieder«, und kehrte in die Weite des Wohnzimmers zurück.

Kasimir dachte: »Der Knirps hat's gut, scheint ziemlich verwöhnt zu sein. Da bin ich schlechter dran. Aber nichts bleibt so, wie es ist. Der kleine Wicht wird auch mal erwachsen und muss sich spätestens dann dem Ernst des Lebens stellen.«

Einige Tage nach dieser Begegnung ergab es sich, dass Manolito in der Küche auf einer Obstschale herumkrabbelte. Er bestaunte die wunderlich großen Früchte. Aus einem dunklen Winkel kam plötzlich eine große Fleischfliege, *Sarcophaga carnaria*, herausgekrochen. Manolito erschrak fürchterlich. Ein Ungetüm dieser Art hatte er noch nie aus der Nähe gesehen. Das Insekt stand ihm direkt gegenüber. Es senkte die Hinterbeine, streckte das vordere Paar durch, das mittlere Beinpaar war angewinkelt. Es schien, als wollte der Dämon gleich zum Angriff übergehen. Mit ihren riesigen Facettenaugen starrte die Fliege Manolito ins Gesicht. Der bekam große Angst, Schweiß stand ihm auf der Stirn. Er würgte und brachte kein Wort heraus. Die schwarze Gestalt erschien ihm wie von einem anderen, dunklen Stern.

»Ich wünschte, ich könnte mich einfach in meinem Bett verkriechen und die Decke über den Kopf ziehen«, dachte er bei sich. Aber es half ja nichts, er musste versuchen zu entkommen. Das blauschwarze Ungeheuer blickte ihn derweil böse an, als wollte es sagen: »Du kommst mir gerade recht.«

Manolito versuchte zögerlich, einen Schritt zurückzuweichen, doch das Untier folgte ihm flink und leicht. An Flucht war nicht zu denken, er saß in der Falle. Der Dämon schien hungrig zu sein, sein Saugrüssel richtete sich auf Manolitos Gesicht. Kein Zweifel, die Fliege hatte ihn als Opfer auserkoren und war nicht gewillt, ihn so einfach wieder gehen zu lassen.

Manolito wich zurück, diesmal gleich mehrere Schritte. Seine Tritte wurden unsicher, aus dem Maul des Tieres sabberte nasser, giftiger Schleim. Manolito rutschte aus, kippte nach hinten und fiel auf den Hinterkopf. Darauf hatte das Scheusal nur gewartet. Unter lautem Brummen erhob es sich, um sich blitzschnell auf Manolito zu stürzen. Jetzt war Manolito gefangen. Mit den Beinen konnte er noch strampeln, doch das nutzte ihm nichts. Über sich sah er ganz nah den schweren, starren Panzer. Er roch den stinkenden Atem des Tieres – und ihm wurde schwarz vor Augen,

»Das wird es wohl gewesen sein«, dachte Manolito. »So etwas hätte mir in meinen früheren Leben im Versuchslabor allerdings nicht passieren können.«

Manolito versuchte, an Knuth zu denken. Im nächsten Augenblick spürte er einen starken Druck im unteren Bereich des Körpers. Es folgte ein brennendes Stechen. »Hoffentlich geht es wenigstens schnell«, wünschte sich Manolito. Er hatte alle Hoffnung aufgegeben, seine Kräfte schwanden. Er hatte sich so auf den Frühling gefreut, darauf, bald etwas von der Welt jenseits des Balkons zu erfahren. Nun hatte er sein Ende vor Augen.

Plötzlich löste sich die starre Umklammerung. Das Untier bäumte sich mehrmals über Manolito auf und krümmte sich wieder zusammen. Schließlich lösten sich die borstigen Glieder von Manolitos Leib. Der Fliegenkörper fiel zur Seite. Mit eingezogenen Beinen lag das schwarzblaue Tier starr und leblos da.

Wie aus dem Nichts stand auf einmal die Spinne Liesa hinter dem Ungetüm. »Mmmh, lecker, lecker, die große Fliege! Ein wunderbarer Braten für mich. Manolito, dich hätte ich zuallerletzt unter diesem Vieh vermutet. Bin überrascht, dich hier anzutreffen, was hast du denn für einen Umgang?«

»Liesa, du hast mich gerettet!«, antwortete Manolito noch unter Schock. »Eine Sekunde später und ich wäre ausgesaugt worden. Schau, hier hat das Biest bereits mit seiner Arbeit begonnen.«

»Du hattest Glück«, stellte Liesa fest. »Es sind nur oberflächliche Verletzungen auf der Haut. Das heilt sehr bald. Sooo schnell geht das mit dem Aussaugen auch nicht. Du hattest Glück, dass diese Biester meine Lieblingsspeise sind. Ich habe der Fliege von hinten meine tödlichen Giftzangen durch den Panzer gebohrt. Kurz und schmerzlos.«

Manolito zitterte noch immer und war nur dankbar. Er streichelte Liesas runden, dicken Leib.

»Und jetzt an die Arbeit«, sagte Liesa. »So einen Leckerbissen kann man nicht einfach herumliegen lassen. Ordnung muss sein!« Sogleich machte sie sich daran, den Braten mit ihrem langen Faden einzuwickeln.

»Und jetzt, was machst du damit?«, fragte Manolito.

»Irgendwann wird sie ausgesaugt, wenn ich Appetit habe.«

»Bäh, wie eklig!« Manolito schüttelte sich. »*Dich* werde ich bestimmt niemals küssen!«

Die Sonne hatte die Schneereste auf dem Balkon weggeschmolzen. Zwischen ein paar Blumentöpfen, die vom letzten Jahr übrig geblieben waren, stand Manolito und freute sich am Grün, das jetzt wieder überall zu sehen war. Und bald konnte er auch die ersten sich öffnenden Blütenkelche beobachten und sich an deren Anblick laben. Es dauerte nicht lange, da kamen auch schon einige Insekten, um den Pflanzen einen Besuch abzustatten. Auch zwei Bienen waren dabei. Manolito belauschte sie.

»Also ich muss schon sagen, Margret, dieser Winter war wirklich entsetzlich hart, ich habe gedacht, den überlebe ich nicht.«

Darauf antwortete die andere Biene: »Ach, Elke, es wird ohnehin immer schwieriger, ausreichend Blütenstände für die Nachzucht zu finden. Immer wird alles gleich abgemäht, es kommt fast keine Wildpflanze mehr zum Blühen. Die Schmetterlinge klagen auch. Sie finden keine Wirtspflanzen, an denen sie ihre Eier ablegen könnten. Schon jetzt gibt es nur noch wenige Arten dieser schönen Tiere, der Rest ist ausgestorben.«

»Wenn das so weitergeht«, erwiderte Elke, »dauert es nicht mehr lange und man sagt auch von den Bienen, dass es sie einmal gegeben hat. Wo man geht und fliegt, sieht man im Mai nur noch diese langweiligen Löwenzahnblumen in dieser Gegend, millionenfach. Die taugen aber nur für die Milchproduktion.«

Biene Margret antwortete: »Die Paarfüßler schütten ihren gesamten Kot und Unrat auf die Wiesen, das hält nur der Löwenzahn aus. Alle anderen Pflanzen sterben unter dem scharfen Mist.«

»Das wäre gar nicht so schlimm«, sagte Elke, »wenn nicht in anderen Gebieten riesige Anbauflächen gegen Schädlinge mit Chemie begast würden. Im letzten Jahr sind ganze Völkerscharen unserer Verwandtschaft vergiftet worden.«

»Da muss etwas geschehen«, entgegnete Margret, »so geht es nicht weiter.«

»Ja, das finde ich auch«, stimmte Elke zu. »Da muss etwas geschehen.«

Dann erhob sich ein Summen und die beiden entschwanden zusammen in den blauen Himmel.

Knuth saß vor der Balkontür an seinem Schreibtisch. Er arbeitete an einem Bild für eine Geschichte, die er geschrieben hatte. Knuth hatte keine Ahnung, dass Manolito gerade ein Bienengespräch belauscht hatte. Wie hätte er auch begreifen sollen, dass Manolito die Sprache der Tiere verstehen konnte. Das behielt Manolito lieber für sich, ebenso wie das traumatische Erlebnis mit der Fliege. Knuth würde sich nur Sorgen machen – und ihm die Bitte abschlagen, die er im Begriff war vorzubringen.

Manolito schaffte es, an dem Korbsessel hochzuklettern, und fing an, auf Knuths Zeichnung herumzulaufen. »Mir fehlt der Abstand, um sagen zu können, ob dein Bild gut ist.«

Knuth setzte ihn sich auf die Schulter.

»Ah, ja, so ist es besser, jetzt sehe ich mehr. Mmh, die Nase des Herrn ist zu lang und zu spitz. Und dann die Falten um den Mund ... Soll das etwa Herr Megelein sein?«

»Ja«, antwortete Knuth, »er soll vielleicht mal in einer meiner Geschichten vorkommen.«

»Wenn das so ist«, gab Manolito zur Antwort, »musst du nichts daran verändern. Dieses Bild ist noch viel zu schön für den Megelein ... Aber ich wollte eigentlich etwas anderes mit dir besprechen.«

Knuth ahnte bereits, was Manolito im Schilde führte. »Ich weiß«, sagte er, »jetzt, wo es Frühling wird, möchtest du die Welt sehen. Es treibt dich hinaus in die Natur. Aber du weißt, dass dort viele Gefahren lauern, deshalb mache ich mir schon Sorgen um dich.«

»Nö, brauchst du nicht, ich pass auf, versprochen!« Manolito legte seine winzige Handfläche auf die von Knuth.

»Wann willst du denn gehen?«, fragte Knuth.

»Möglichst bald. Ich muss warten, bis ein dickes Insekt kommt. Die sind meist gutmütig, selbst wenn sie einen Stachel haben. Eines davon nimmt mich sicher mit.«

»Und wo soll es hingehen?«, fragte Knuth.

»Hm, weiß noch nicht. Erst mal ein Flug ins Blaue, dann den Bergen entgegen.«

Von jetzt an verbrachte Manolito die schönen, sonnenreichen Tage auf dem Balkon und wartete auf eine Mitfluggelegenheit. Einige Bienen kamen vorbei, aber die waren zu klein. Für eine Biene hatte er doch einiges an Gewicht zu viel. Und Schmeißfliegen wollte er erst gar nicht fragen, wenn er an das Erlebnis von neulich dachte.

Es dauerte eine ganze Weile, bis er eines Tages ein leises Brummen hörte. Zunächst kaum vernehmbar, wurde es mit der Zeit immer lauter.

»Na, hoffentlich landet der Flieger auf meinem Balkon«, dachte Manolito bei sich. Noch immer war nichts von ihm zu sehen, das Geräusch jedoch war nun unüberhörbar. Dann endlich erschien ein Punkt am Horizont und wurde größer. Manolito erkannte eine dicke, pelzige Kugel, die zunächst in der Luft verharrte. Dann entschied sie sich für einen Landeplatz und ließ sich auf dem Boden des Balkons nieder. Es sah aus, als ob sich das Insekt ausruhen wollte.

»Das wäre doch eine Gelegenheit«, dachte Manolito. Vorsichtig näherte er sich dem Wesen und fragte zaghaft: »Guten Tag, ich bin in der Insektenkunde nicht sehr bewandert. Könnten Sie mir sagen, welcher Art Sie angehören? Eine Biene sind Sie sicher nicht.«

»Ich bin eine Königin und gehöre der Gattung der Erdhummeln, *Bombus lucorum,* an. Meine Gattung hat viele Arten: Wiesenhummel, Baumhummel, Mooshummel, bärtige Kuckuckshummel, gemeine Schmarotzerhummel und so weiter. Die Menschen glauben, wir könnten gar nicht richtig fliegen. Papperlapapp! Die Menschen reden eine Menge Unsinn, und ich bin ein lebendes Beispiel dafür.«

»Wo kommst du denn her?«, fragte Manolito weiter. »Wenn ich ›du‹ sagen darf, obwohl du eine Königin bist ...«

»Ach, sag ruhig ›du‹ zu mir«, brummte die Königin. »Die Menschen sind meist respektlos, wenn es um uns Tiere geht, das bin ich gewohnt.«

»Ups, das hat gesessen«, dachte Manolito.

»Ich komme von den blauen Bergen da hinten, aus dem Osten«, erklärte die Hummel. »In einer Höhle habe ich den Winter über geschlafen. Mein Volk hat den harten Winter nicht überlebt. Jetzt bin ich dabei, ein neues Volk zu gründen.«

»Oh, wie traurig«, bemerkte Manolito.

»Das passiert jedes Jahr«, sagte die Hummelkönigin. »Wir werden nämlich nicht so alt wie ihr Menschen.«

»Hast du einen Namen?«, fragte Manolito.

»Man nennt mich Klara die Erste, aber du kannst einfach Klara zu mir sagen.«

»Und mich nennt man Manolito.«

»Jetzt haben wir wohl genug Höflichkeiten ausgetauscht. Ich sollte endlich mal zur Sache kommen und der Königin mein Anliegen vortragen«, ging es Manolito durch den Kopf.

»Klara, hm, was meinst du? Könnte ich vielleicht mal mit dir fliegen, nur ein kleines Stückchen? Wäre das vielleicht möglich?«

»Aha, habe ich mir doch gleich gedacht, dass du etwas willst. Ich habe mich schon gewundert, warum du so freundlich bist. Menschen sind immer nur freundlich und nett, wenn sie Hintergedanken haben.«

»Ganz schön direkt, die Frau Königin«, dachte Manolito, »ein bisschen gewöhnungsbedürftig. Aber immerhin sagt sie, was sie denkt. Man weiß, woran man bei ihr ist.«

Schon erklärte die Königin: »Mitfliegen? Nein, das geht nicht. Meine Flugmuskeln sind vom Winterschlaf noch ganz träge, und mit dir hätte ich doch einen ordentlichen Brummer zu tragen. Das wäre zu viel für mich. Im Moment kann ich mir einen Tandemflug nicht zumuten.«

Manolito war enttäuscht, ließ sich aber nichts anmerken. »Aber vielleicht in ein paar Wochen, wenn deine Flugmuskeln wieder etwas besser trainiert sind. Vielleicht könnten wir dann einen kleinen Flugversuch starten?«

»Ja, das läge im Bereich des Möglichen. Ich habe einen weiten Weg vor mir und fliege an einen Ort, wo keine Menschen sind. Aber ich ahne, wir sehen uns bald. Leb wohl!«

Die Hummel Klara erhob sich mit unglaublicher Leichtigkeit und verschwand im Atem des Himmels.

»Na, von wegen schwache Flugmuskulatur! Das war doch nur ein Vorwand, um mich nicht mitzunehmen«, murmelte Manolito missmutig.

Der Mond stand hell und groß am Himmel. Sein Licht fiel durch die halb geöffnete Balkontür. Auf Knuths Arbeitstisch flackerte noch eine Kerze. Ihr warmes Leuchten konkurrierte mit dem kühlen Schein des Mondes. Knuth schnarchte schon seit einigen Stunden so laut, dass die Puppenstube erbebte. Aber Manolito störte sich nicht an diesen Geräuschen. Er wiegte sich in seinen Träumen.

Ein Windhauch wehte zur Tür herein, als hätte die Nacht geatmet. Die Briefe auf Knuths Arbeitstisch flatterten auf, um sogleich wieder hernieder zu schweben. Ein Blatt – das mit dem Portrait Herrn Megeleins – kam der Kerze zu nah, es fing Feuer. Sogleich ergriff das Element die Gelegenheit, seine Fesseln zu sprengen. Die Flammen breiteten sich über den Arbeitstisch aus. Gierig fraß sich das Feuer voran. Überall fanden die Flammen Nahrung, sie züngelten wie Schlangen an Vorhängen und Wänden empor an die Decke des Raumes. In der Wohnung entwickelte sich dichter Qualm. Es prasselte und zischte. Die Dämonen des alles verzehrenden Elements tobten.

Manolito spürte, dass etwas an seinem Handgelenk zerrte und ihn aus seinem Bett zog. Schlaftrunken sah er um sich und war sofort hellwach. Blitzschnell kletterte er an Knuths

Bett empor. Er wusste, dass einfaches Rufen nichts nützen würde, wenn Knuth im Tiefschlaf war. Manolitos Ziel war Knuths Ohr. Er kroch hinein und schrie aus Leibeskräften, bis Knuth erwachte.

Geschwind versuchten die beiden zu retten, was zu retten war. Manolito rief Knuth zu, er solle die Balkontür schließen, um dem Feuer die Luftzufuhr abzuschneiden, was Knuth tat, doch das Feuer war zu mächtig. Es fraß sich durch Möbel und Türen, und es blieb kaum noch Sauerstoff zum Atmen. Knuth erkannte, dass außer ihren Leben nichts mehr zu retten war. Aber wo war bloß Manolito?

Manolito suchte nach Knuth, er schrie aus Leibeskräften. Der Qualm wurde immer dichter. Man sah die eigene Hand nicht vor den Augen. Knuth und Manolito hatten die Orientierung verloren. Verzweifelt suchten sie einander, konnten sich aber nicht finden. Durch schwarze Wolken hindurch glühte flackernd das Feuer.

Auf seiner verzweifelten Flucht rannte Manolito an Knuths Buch vorbei. Inmitten dunkler Rauchschwaden leuchtete es magisch wie ein Licht der Hoffnung. Doch die Flammen hielten es bereits in ihren Klauen. Manolito sah keine Möglichkeit mehr, sich nach draußen in Sicherheit zu bringen, er war gefangen. Aber da war ja noch das Buch. »Meine Eintrittskarte in die andere Welt! Das wäre die Rettung!«, schoss es Manolito wie ein Blitz durch den Kopf. Aber was geschah mit Knuth, wo blieben Liesa, die Spinne, und Hedwig, die Maus? Plötzlich fiel ihm auf, dass er ihnen schon seit Tagen nicht mehr begegnet war. Manolito schrie ihre Namen, doch das Tosen des Feuers verschluckte seine Rufe. Um sein Leben zu retten, blieb ihm kaum noch Zeit. Die Flammen waren schon dabei, das Buch in Asche zu verwandeln. Manolito nahm all seinen Mut zusammen, stürzte sich mit einem Sprung in die aufgeschlagenen Seiten ... und tauchte ein in eine andere Welt.

Manolito hörte noch das Krachen, mit dem die Aschenwand, die einst das Buch gewesen war, in sich zusammenfiel. Für einen kurzen Augenblick zeigte sich ihm das Grauen einer verbrannten Welt – Knuths Wohnung. Dann schob sich rasch ein Vorhang aus Wasser davor, der die Schönheit einer unberührten Welt erahnen ließ und die Erinnerung an die grauenvolle Nacht vergessen machte. Für Manolito gab es kein Zurück mehr. Das mächtige Feuer hatte die Schwelle zwischen der einen und der anderen Welt vernichtet.

Zweiter Teil

6. Kapitel

Im Land Aronia

Die Sonne stand hoch am Himmel. Es war Mittagszeit im Land Aronia. Manolito war dabei, sich zu fassen und zu orientieren. Die Erlebnisse der letzten Nacht kamen ihm unwirklich vor wie ein Traum. Doch die Sorge um Knuth quälte ihn. Ob er ihn jemals wiedersehen würde? Hatte Knuth die Katastrophe überlebt? Manolito war klar, dass es für Knuth keine »Eintrittskarte« in diese andere Welt gab. Manolito fühlte sich im Schoß der Natur zu Hause, doch er konnte die Geborgenheit unter den grünen Blättern nicht genießen. Sein Herz war schwer. Er trauerte um den Verlust einer großen Freundschaft.

Die wenigen Stunden Ruhe und das Ereignis der letzten Nacht hatten Manolito erschöpft. Er rollte sich im weichen Moos zusammen und es dauerte nicht lang, bis er in einen tiefen Schlaf gefallen war.

Durch einen weißen, feinen Schleier, der sich sanft im Wind bewegte, blickte Manolito vom verschneiten Balkon aus durch die geöffnete Tür in Knuths Wohnung. Der Freund saß am Schreibtisch und zeichnete. Versunken in seine Arbeit, blickte er erst nach einiger Zeit auf und winkte Manolito zu. Flink hopste Kasimir zu Knuth ins Zimmer und erbettelte einige Stücke alten Brots. Dann wandte sich Knuth wieder seiner Arbeit zu und zeichnete weiter.

Das Bild erlosch. Nun wusste Manolito, dass Knuth lebte. Diese Botschaft beruhigte ihn.

Manolito wurde von einer Art Propellergeräusch aus dem Schlaf gerissen. Er öffnete die Augen. Es war eine wolkenlose Vollmondnacht. Vor sich sah Manolito eine Gestalt fliegen. Die Flügel des Wesens bewegten sich so schnell, dass sie im Mondlicht kaum wahrnehmbar waren. Neugierig betrachtete der Flieger Manolito. Mächtig, groß und klar öffnete sich über dem Blattwerk der Nachthimmel. Noch nie hatte Manolito dieses Wunder so groß und prächtig erlebt. Riesige Bäume standen im weiten Abstand, sie wiegten ihre Stämme in sanften Verbeugungen vor dem Himmel. Ein leises Rauschen erfüllte die Nacht, es kam aus dem endlos scheinenden Wald.

Das Wesen über ihm war nicht gewichen, und endlich fragte Manolito, immer noch beeindruckt von dem himmlischen Anblick, nach dessen Namen.

»Ich bin Argos, ein Schwärmer der Nacht, ich gehöre der Gattung der Nachtschwalbenschwänze, *Ourapteryx sambucaria,* an. Am Tag schlafe ich, aber in der Nacht werde ich wach und genieße das Leben. Das Licht ist mir ein Gräuel, die Sonne viel zu hell. Ich schwebe schon lange um dich herum und bin etwas ermattet.«

In gebührendem Abstand von Manolito ließ er sich nieder. Dann faltete er seine Flügel zusammen, als wären sie ein großer, dunkler Mantel. Nun hatte Manolito Gelegenheit, das Tier näher und in Ruhe zu betrachten. Die Oberflächen der goldenen Flügel schimmerten im seidigen Glanz des Mondlichts. Sein Gesicht war klein, etwas unheimlich, mit den seitlich sitzenden, großen Augen. Sie waren tiefschwarz und unergründlich. Dazwischen befand sich ein Rüssel, der offenbar zur Nahrungsaufnahme diente. Das Gesicht war von einem mächtigen Pelzkragen umrahmt. Die Beine waren lang und mehrgliedrig mit starken Oberschenkeln und wurden nach unten immer dünner. Außerdem waren sie mit Widerhaken besetzt. Etwas misstrauisch fragte sich Manolito, wozu die wohl gut sein sollten. Überhaupt erschien ihm die ganze Gestalt sehr geheimnisvoll.

Der Falter spürte Manolitos Verwunderung und sagte: »Jemanden wie dich habe ich ja noch nie gesehen. Du bist wohl die extrem verkleinerte Ausgabe eines Paarfüßlers. Bist ja richtig niedlich. Aber wie kann denn so etwas passieren? Du bist wohl neu hier?«

Etwas unbeholfen tapste er auf der Stelle herum und drehte sich um die eigene Achse. »Sieh mich genau an!«, forderte er Manolito auf. »Ich bin sehr schön und wohlgewachsen, der Schöpfer hat mich prächtig ausgestattet. Sechs Beine tragen meinen Leib. Ich sehe bei Nacht besser als bei Tag. Schau mal: Auf meinen Flügeln liegt Sternenstaub. Wie du wohl bemerkt hast, kann ich mit meinen Flügeln die Schwerkraft überwinden. Auch wenn du noch so viel üben würdest, bei deinem Körperbau hättest du da große Probleme.«

»Das weiß ich«, sagte Manolito, »deshalb werde ich es auch gar nicht erst versuchen. Aber wir könnten etwas anderes ausprobieren. Wie wäre es, wenn ich mich auf den weichen Pelzkragen in deinem Nacken setze und du mit mir einen kleinen Rundflug wagen würdest?«

»Kann ja nicht viel passieren, außer dass wir abstürzen«, antwortete Argos. Und Manolito dachte: »Wie schön, der Typ zickt nicht so herum wie die dicke Klara. Die Chance will ich ergreifen, endlich geht mein großer Wunsch in Erfüllung.«

Manolito erhob sich von seinem weichen Mooslager. Argos machte es ihm leicht, indem er mit den Vorderbeinen auf die Knie ging, wie es die großen Kamele tun. Dann ging alles sehr schnell. Wie ein Motor begannen die Flügel zu surren. Es war so laut, dass Manolito sein eigenes Wort kaum noch verstand. Langsam erhoben sie sich über das Blätterdach.

Manolito rief mit lauter Stimme: »Nicht so hoch, wenn etwas passiert, stürzen wir in die Tiefe.«

»Du brauchst keine Angst zu haben«, versuchte Argos ihn zu beruhigen. »Ich bin ein geübter Flieger. Hab schon viele Flugstunden hinter mir.«

Von einem ruhigen Flug konnte man dennoch nicht gerade reden. Windböen trieben die beiden nach oben in die Kronen der Bäume. Von Weitem sah Manolito sein Nachtlager. Das Blätterdach war eine stille, dunkelgrüne Fläche, vom Mond erhellt. Tautropfen in unendlicher Zahl glitzerten auf den Blättern. Der Mond spiegelte sich in jeder einzelnen dieser Perlen. Er verwandelte den Wald in ein einziges Funkeln und Glänzen. So etwas hatte Manolito noch nie gesehen. Nichts hätte er sich mehr gewünscht, als diesen Augenblick mit Knuth zu teilen. Manolito blies ein starker Wind ins Gesicht, Argos brauste ziemlich schnell durch die Luft.

»Wir fliegen nicht über die Baumkronen hinaus, das wäre zu riskant«, schrie Argos in die Nacht. »Die warme Luft, die vom Wald nach oben steigt, könnte uns zu starken Auftrieb verleihen und uns weit in den Himmel tragen. Außerdem wird es dort oben sehr kalt.«

Langsam lernte Manolito, die Furcht zu besiegen. Fliegen war nicht so einfach, wie er gedacht hatte. Aber das Gefühl, hoch zwischen den Bäumen hindurchzugleiten, vorbeizubrausen an den vom Mond beschienenen Ästen und Zweigen, den Sternenhimmel in seiner Unendlichkeit über sich, war wunderschön. Manolito kniff sich in die Schenkel, um sicherzugehen, dass er nicht träumte. Nein, es war Wirklichkeit!

In einer schmalen Schlucht, die ein sicheres Versteck bot, setzte Argos seinen Fluggast ab. Es war zunächst schwierig für Manolito, das Gleichgewicht wiederzuerlangen. Er taumelte etwas, doch das gab sich schnell. Dann legte er sich auf ein weiches Mooslager, um den Rest der Nacht zu schlafen. Er nahm sich vor, früh aufzustehen und den Tag zu nutzen. Auf gar keinen Fall wollte er die Gewohnheiten eines Nachtfalters annehmen.

Der Morgen war wunderbar. Die Vögel musizierten, es lag ein fröhliches Zirpen und Pfeifen in der Luft. Feuchte Nebelschwaden zogen über den farnbewachsenen Abhang und formierten sich zu wunderbaren, unbestimmten Wesen. Sie tanzten und flogen, dann wieder waberten sie langsam, um in der nächsten Bewegung eine andere Gestalt anzunehmen. Die aufsteigende Sonne machte dem Spuk ein Ende. Sie wärmte den Waldboden mit ihren gleißenden Strahlen. Ein neuer Tag begann.

7. Kapitel

Nachricht aus dem Land der Paarfüßler

Kein Mensch weiß davon: Jedes Tier im Menschenland hat die Möglichkeit, durch die Wasserwand nach Aronia zu gelangen. Sie ist die Grenzlinie zwischen dem Menschenreich und Aronia. Der Mensch war es, der die beiden Welten durch sein Verhalten getrennt hatte. Einst gehörten sie zusammen, bis den Menschen verwehrt wurde, Aronia zu betreten. Und dann, irgendwann, hatten die Menschen Aronia vergessen.

In Aronia gab es Tiere in großer Zahl, darunter auch Tierarten, die im Menschenreich längst von den Menschen ausgerottet worden waren. Aber Aronia war kein Paradies. Wie überall auf der Welt herrschte auch dort das Gesetz des Stärkeren. Doch eine Besonderheit gab es: In diesem unübersehbar großen Land lebten alle Tiere, ohne vom »Paarfüßler« – so nannten die Tiere den Menschen – bedroht zu werden. Alle Tiere waren frei und konnten nach Belieben von einer Welt in die andere wechseln. Einst hatten die Götter ihnen die

Freiheit geschenkt, der Mensch jedoch hatte sie ihnen genommen. Im Land der Paarfüßler waren die meisten Tiere in Gefahr, viele Arten vom Aussterben bedroht. Deshalb entschieden sich immer mehr Tiere, nach Aronia auszuwandern. Wie aber war es Manolito gelungen, nach Aronia zu gelangen? Der Grund dafür war ganz einfach: Manolito war zwar ein Mensch, doch er hatte eine Elfenseele. Deshalb hatte sich ihm mit dem Elfenbuch die Tür nach Aronia geöffnet. Doch es gab kein Zurück für Manolito, das Elfenbuch war verbrannt.

Auch der Rabe Kasimir hatte sich auf den Weg nach Aronia gemacht, um Manolito mit seinen scharfen Augen in den großen Wäldern zu suchen. Manolito lag noch auf dem Waldboden und blickte nach oben, als er einen Schatten vorüberhuschen sah. Es folgte das Rauschen großer Flügelpaare, dann landete ein Vogel neben ihm. Sogleich erkannte er Kasimir.

Manolito war außer sich vor Freude und überschüttete Kasimir mit tausend Fragen.

»Nun mal langsam, eines nach dem anderen«, sagte Kasimir. »Ich komme von Knuth. Er weiß nichts von Aronia und auch nicht, dass du hier bist. Deshalb macht er sich ebensolche Sorgen um dich wie du dir um ihn.«

»Wie geht es Knuth?«, platzte Manolito heraus. »Wie hat er die Katastrophe überlebt?«

»Knuth ist wohlauf, er hat den Brand unbeschadet überstanden. Die Nachbarn haben die Feuerwehr gerufen und er wurde gerettet. Man hat ihn mit einer Rauchvergiftung ins Krankenhaus gebracht. Aber er wurde bald wieder entlassen. Danach hat Knuth auch eine neue, kleine Wohnung gefunden. Sie hat einen schmaleren Balkon als die alte und liegt an einer befahrenen, lauten Straße. Aber zum Landen reicht der Platz allemal. Knuth ist besorgt um dich, er hat sich Vorwürfe gemacht. Ich habe mir gleich gedacht, dass es dir gelungen ist, nach Aronia zu fliehen. Das Elfenbuch habe ich durch die Balkontür auf dem Boden stehen sehen. Aber Knuth weiß ja nichts von diesem Eingang nach Aronia. Und natürlich konnte ich ihm auch nicht davon erzählen, denn er versteht ja unsere Sprache nicht. Er hält mich für einen dümmlichen, halb wilden Vogel, der nur fortwährend von ihm gefüttert werden will, weil er nicht versteht, was ich ihm sagen möchte.«

Manolito schaute Kasimir auf den großen, schwarzen Schnabel und lauschte seinen Mitteilungen. Dann fragte er: »Wie können wir Knuth wissen lassen, dass es mich noch gibt?«

»Du musst ihm schreiben, das ist die einzige Möglichkeit«, antwortete Kasimir.

Manolito kratzte sich am Kopf, er dachte nach. »Ich habe eine Idee!«, rief er. »Ich kann auf die Rückseite eines Seerosenblattes schreiben, dort drüben ist ein Teich, da gibt es welche. Dann brauche ich nur noch einen Pilz, am besten einen Tintling. In der Ebene über dieser Schlucht, unter den großen Eichen, müsste diese Pilzart wachsen. Flieg doch bitte schnell dorthin und bring mir einen.«

Es dauerte nicht lange, bis Kasimir mit einem Tintling im Schnabel zurückkam, und Manolito begann mit seinen kleinen Fingern in schwarzer Tinte auf das Seerosenblatt zu schreiben:

Lieber Knuth,

Du sollst wissen, dass ich lebe. Es geht mir gut. Mir ist es gerade noch rechtzeitig gelungen, aus Deiner brennenden Wohnung zu entkommen.
Jetzt bin ich froh darüber, in der Natur zu sein und meine Reise fortzusetzen, wie wir es in den Tagen vor der Katastrophe besprochen hatten. Schon jetzt bin ich sehr weit von Dir entfernt.
Lieber Knuth, bitte schreibe mir, wie es Dir geht und was Du machst.
Kasimir wird mich mit seinen scharfen Augen finden und mir Deine Nachricht zuverlässig überbringen.
Ich denke viel an Dich und die Zeit mit Dir. Danke nochmals, dass Du mich damals nicht zurück ins Labor gebracht hast – das werde ich Dir nie vergessen.

In alter Freundschaft,

Dein Manolito

Kasimir half Manolito, das große Seerosenblatt zusammenzurollen, und nahm es vorsichtig in den Schnabel, als sammle er Material für sein Nest. Die Ränder des Blattes hingen ihm links und rechts aus dem Schnabel. Dann startete Kasimir durch und flog zielsicher nach Westen. Manolito blickte Kasimir nach, bis dieser nur noch als kleiner schwarzer Punkt am Horizont zu erkennen war.

Manolito blickte noch in den Himmel, als Kasimir schon lange verschwunden war und hoffte, dass der Brief bei Knuth ankommen würde. Die Wände des Tals spendeten ihm Schatten. Plötzlich entdeckte er eine Maus, die vom Rand des Grabens zu ihm hinunterschaute. Nur ihr Gesicht und die Unterseite der beiden Vorderpfötchen waren zu erkennen. Trotzdem kam sie ihm irgendwie bekannt vor.

»Bist du nicht Manolito aus Knuths Wohnung?«, hallte es in die Schlucht herunter.

»Dann bist du Hedwig?«, antwortete Manolito. »Das ist ja eine Überraschung! Warte, ich versuche, nach oben zu kommen, wir müssen uns unterhalten.«

Als Manolito schnaubend die Talkante erklommen hatte, rieben beide ihre ungleich großen Nasen aneinander und erzählten sich, was vor dem Brand geschehen war.

Hedwig begann als Erste zu berichten: »Einige Tage vor der Katastrophe fühlte ich mich elend. Ich hatte fürchterliche Migräne und wusste gleich: Das hat was zu bedeuten. Schon früher haben sich schlimme Dinge auf diese Weise angekündigt. Ich dachte, da ist was im Busch, und entschloss mich sogleich, Knuths Wohnung zu verlassen, um endgültig nach Aronia, unsere Zufluchtsstätte, auszuwandern.«

»Dein ausgeprägter Instinkt hat dir das Leben gerettet. Wer weiß, ob du die Katastrophe ohne diese Vorahnung überlebt hättest«, sagte Manolito.

»Liesa müsste auch irgendwo hier sein«, antwortete Hedwig. »Ich habe sie unlängst getroffen. Sie hat mir von der Katastrophe erzählt, auch sie hat sich durch das Buch in Sicherheit bringen können.«

»Da bin ich aber froh, dass meine Lebensretterin auch entkommen ist. Vielleicht treffe ich sie hier einmal«, bemerkte Manolito.

»Wieso Lebensretterin?«, fragte Hedwig.

»Ach, das ist eine lange Geschichte, die erzähle ich dir später.«

Hedwig faltete ihre beiden Vorderpfötchen zusammen: »Ich bin wirklich froh, dich hier gesund zu treffen! Sag mal, du hattest damals doch die Idee, mit dem Holzwägelchen aus deiner Puppenstube eine Fahrt durch Knuths Wohnung zu unternehmen. Wenn du möchtest, können wir diesen Ausflug jetzt hier im Wald machen, ich habe das Wägelchen bei meinem Umzug mitgenommen.«

Der Wagen war hinter einem prächtigen Exemplar einer Schlüsselblume geparkt, sodass man das Gefährt nicht sehen konnte. Hedwig ging nach hinten, schlüpfte in das Joch, an dem die Zugseile befestigt waren, und bat Manolito einzusteigen. Das ließ sich Manolito nicht zweimal sagen. Er jauchzte vor Vergnügen.

Zunächst ratterte der Holzwagen gemächlich durch Dickichte von Heidelbeeren und dann durch größere Wälder von Giersch und Akeleien. Oft schlossen sich die Blätter zu dichten Dächern zusammen, man konnte sich kaum vorstellen, dass je ein Regentropfen hier hindurchdrang. Die Sonne schien durch die Blätter, alles schimmerte in grünem Licht wie in einer großen Höhle aus Smaragd. Käfer und fleißige Waldameisen blickten dem seltsamen Gefährt nach und wunderten sich.

Hedwig hatte Freude an dem Ausflug. Manolito unterhielt sie gut und erzählte, was er in Knuths Wohnung noch alles erlebt hatte. Auch von dem Raben Kasimir, der ihn an diesem Morgen besucht hatte, berichtete er.

Hedwig war von Natur aus ziemlich neugierig. Die Maus erzählte Manolito, dass sie bereits 48 Mäusejahre auf dem Buckel und 57 Kinder geboren hatte und immer gesund gewesen sei. Nur vor zwei Jahren habe sie im Winter einen starken Schluckauf bekommen. Zum Glück habe sie die Beschwerden mit Fichtennadeln von einem Waldameisenhaufen, dreimal täglich geraspelt eingenommen, kurieren können. Sie sei dankbar für ihre Gesundheit und genieße jeden Tag. Höflich lauschte Manolito Hedwigs Ausführungen, langweilte sich insgeheim aber schon ziemlich.

Irgendwie schien Hedwig das mit ihrem ausgeprägten Instinkt zu spüren. »Jetzt legen wir mal ein bisschen Tempo zu«, rief sie und fiel in den Mäusegalopp. Das klapprige Gefährt wurde schneller, es quietschte und rasselte, wiegte sich nach links und nach rechts, flog über Löcher und Steine.

Manolito staunte nicht schlecht über diesen Ausbruch an Energie. »Nicht so schnell«, schrie er.

»Das muss ein ordentlicher Kerl aushalten«, schnaubte Hedwig. »Hab dich nicht so, ich will jetzt mal die Sau rauslassen.« Sie flitzte immer schneller.

»Das hätte ich der pummeligen Hedwig gar nicht zugetraut«, dachte Manolito. »Man täuscht sich doch immer wieder in seinem Bild, sogar bei Mäusefrauen.« Krampfhaft hielt er sich am Wagen fest, um nicht hin- und hergeschleudert zu werden. Auch Steine und Hügel auf dem Weg waren kein Hindernis. So flog der Wagen mehr durch die Luft, als dass er auf dem Boden rollte. Das Wägelchen krachte und ächzte unter der Geschwindigkeit. Als Manolito die hohe Baumwurzel vor sich sah, war es schon zu spät. In weitem Bogen flog das Gefährt durch die Luft, segelte über blühende Anemonen und keimenden Waldmeister. Da konnte sich Manolito nicht mehr halten. Weit vor der staunenden Hedwig landete er an einer dürren Astgabel, ziemlich hoch über dem Boden.

Da hing er nun hilflos und erbärmlich. Zum Hinunterspringen war es für Manolito zu hoch, wenn er sich denn hätte losreißen können, denn sein Gewand war hinten an der Schulter aufgespießt. Wie ein nasser Sack hing er da, wie ein Fallschirmspringer, der sich in den Bäumen verfangen hatte.

Hedwig stand aufrecht auf den Hinterbeinchen, faltete wieder die Pfötchen und klagte: »Mein Gott, wie konnte das nur passieren? Da war ich zu schnell. Was machen wir denn jetzt? Solche Situationen rauben mir die Fantasie, da fällt mir nichts mehr ein.«

Manolito antwortete: »Ach, bitte, schieb schnell einen Laubhaufen unter mir zusammen, damit ich, wenn ich abstürze, weich falle.«

Hedwig machte sich emsig an die Arbeit, doch zu allem Unglück zog nun auch noch ein Gewitter auf. Große Tropfen fielen herab, durchnässten Manolitos Hemdchen und prasselten ihm auf den Kopf. Der Himmel entlud sich. Rasch verzog sich Hedwig unter das Laubwerk des Baumes. Eine Grasmücke, die das unglückselige Schauspiel mit großer Aufmerksamkeit beobachtet hatte, kam herangeflogen und setzte sich auf einen Ast über Manolito. Sie breitete ihre Flügel aus und schützte Manolito vor den strömenden Wassermassen.

»Das ist aber lieb von Ihnen«, flötete Hedwig nach oben in die Zweige. Und auch Manolito war ganz gerührt von der Geste.

»Kein Problem, kein Problem, ich habe soeben mein Gefieder eingefettet, da perlt das Wasser ab wie von einem Seerosenblatt. Das tägliche Überleben ist schwer genug, wir müssen zusammenhalten. Mein Name ist Mathilde. Haben Sie eine Idee, wie wir den aufgespießten Knirps da unten bergen können? Den können wir ja schlecht seinem Schicksal überlassen. Und jetzt, wo es auch noch regnet, ist es dort bestimmt sehr ungemütlich.«

Manolito schrie: »Ich habe eine Idee! Vielleicht könnte Hedwig am Stamm des Baumes hochklettern und den Ast, an dem ich hänge, mit ihren langen Nagezähnen abnagen.«

Hedwig war skeptisch: »Na, ob ich das in meinem Alter noch schaffe? Ein so hartes Holz? Das muss ich erst mal ausprobieren. Meine Zähne sind auch nicht mehr die Besten. Aber ich will es gerne versuchen.«

»Diese langen Zähne sind doch zum Nagen gemacht«, rief Manolito. »Jetzt kannst du endlich mal zeigen, dass du etwas Sinnvolles damit anfangen kannst.«

Hedwig sparte sich eine Antwort darauf. Wortlos kletterte sie am Baum empor und fing an zu nagen. Nach einer Weile sagte sie. »Es geht ganz gut voran, das alte, ausgetrocknete Holz ist weicher, als ich gedacht habe, und meine Zähne kommen gut durch.«

Die Späne flogen durch die Luft, während am Himmel Blitze zuckten und Donner grollte. Über allem thronte die Grasmücke mit ihren aufgespannten Flügeln, einem großen Regenschirm für Manolito und für Hedwig.

Hedwig nagte und nagte unermüdlich, bis es auf einmal knackte und krachte. Der Ast gab nach und Manolito stürzte in die Tiefe mitten in den Laubhaufen. Die Erde hatte ihn wieder und Manolito verspürte eine große Freude, weil er nicht mehr am Ast baumelte. Hedwig kletterte auch hinunter und Manolito bedankte sich bei ihr und Mathilde, dass sie ihn nicht im Stich gelassen haben. Er war froh, dass er so gute Freunde hatte, auf die er sich verlassen konnte. Und er beschloss, dass er den beiden ebenfalls zur Seite stehen würde, sollten sie einmal in Schwierigkeiten geraten. Sie redeten noch eine Weile und dann flatterte die Grasmücke in die Dunkelheit des Waldes zurück.

8. Kapitel

Die Rettung einer Königin und ein Ausflug

Von Zeit zu Zeit spürten die Tiere in der Nähe der Wasserwand immer wieder große Erschütterungen, dazu war ein tiefes Grollen zu vernehmen. Das beunruhigte die Bewohner Aronias. Doch an diesem Morgen war es still und ruhig. Manolito beschloss, künftige Erkundungen lieber ohne Gefährt durchzuführen. Schnell entdeckte er, dass er zu Fuß viel mehr wahrnehmen und entdecken konnte als auf vier Rädern.

Die Luft duftete vom Regen der Nacht und das feuchte Gras kitzelte Manolito an seinen Füßen. Die Gesänge der Vögel und das Rauschen der Wälder schallten als ein einziger Jubelruf durch das Reich von Aronia. Es war ein wunderbarer Tag. Überall grünte und blühte es. Tief unten im Tau gedieh das frische Moos in smaragdenem Grün. In den Wipfeln der mächtigen Bäume öffneten sich im Sonnenglanz die Blüten und verströmten ihren vielfältigen Duft. Was fliegen konnte, war heute in Aronia unterwegs. Ein Singen, Summen und Zirpen erfüllte den Wald, und ganz unten auf dem noch feuchten, leicht beschatteten Waldboden ging Manolito seiner Wege. Er sog die Schönheit der Schöpfung mit seiner Elfenseele auf.

Als er eine kleine Waldlichtung erreichte, blickte er nach oben. Hier gaben die vielen Stockwerke des hohen Waldes mit ihrem dichten und vielfältigen Laubwerk den Blick zum Himmel frei. Kundschafterbienen und Hummeln waren auf dem Weg zur Arbeit. Von irgendwo dort oben drang plötzlich ein tiefes, fast verzweifeltes Brummen an Manolitos Ohr. Er folgte dem Geräusch und erblickte schließlich ein großes Insekt, das sich in einem Spinnennetz verfangen hatte. Über Manolitos Kopf zappelte das Tier im Gewirr der klebrigen Fäden. Unglücklicherweise hing das Gespinst so weit oben, dass er es nicht erreichen konnte.

»Halt still, sonst verfängst du dich immer mehr!«, schrie er hinauf. »Ich will dir helfen, warte.«

An einer besonders kräftigen Akelei kletterte Manolito nach oben. Die Pflanze bog sich unter seiner Last und wankte hin und her. Manolito balancierte nach vorn, auf die äußerste Spitze eines Blattes. Jetzt konnte er das Opfer erreichen. Er setzte sich hin, um einen stabileren Halt zu haben, und versuchte, das Insekt von seinen Fesseln zu befreien. Es war eine besonders große Hummel, die in die Falle getappt war.

»Zapple doch nicht so herum, sonst machst du mir die Arbeit doppelt schwer. Den klebrigen Faden von deinen Beinen zu entfernen ist nicht einfach.«

Das Abzupfen der Fäden war wirklich schwer für Manolito, und obendrein eine äußerst waghalsige Angelegenheit. Wenn er jetzt abstürzen würde, läge unter ihm kein Laubhaufen. Die Akelei wiegte sich heftig unter seinen Bewegungen, sodass er sich mit einer Hand am Rand des Blattes festhalten musste. Daher hatte er nur eine Hand frei. Mühsam zupfte er die klebrigen Fäden aus den Pelzhaaren der Hummel. Diese hörte auf zu brummen und beruhigte sich. Auch die Fäden, die an den Flügeln hafteten, zu entfernen, war eine langwierige Sache. Endlich war das Tier befreit und sah Manolito mit seinen großen, unergründlichen Facettenaugen an.

»Du bist doch Manolito! Wir haben uns auf dem Balkon getroffen. Du wolltest damals mit mir fliegen, und ich habe dich nicht mitfliegen lassen, weil ich noch zu schwach war. Ich war gerade erst aus dem Winterschlaf erwacht.«

Da erkannte Manolito Klara, die dicke Hummelkönigin. »Dass wir uns hier erneut begegnen, ist eine großartige Überraschung! Ich freue mich.« Klara antwortete: »Meine Rettung müssen wir feiern. Du bist mein Lebensretter, du bist mein Held! Ich würde dir gern einen Wunsch erfüllen.«

»Das ist ja wie bei einer guten Fee, auch wenn die einem immer drei Wünsche erfüllen!«, kicherte Manolito. »Hm, lass mich einmal nachdenken ... Ich wünsche mir ... na, du kannst es dir wahrscheinlich schon denken, ich wünsche mir ... einmal mit dir mitfliegen zu dürfen. Ich mache mich auch ganz leicht.«

»Das habe ich mir wirklich schon gedacht«, sagte Klara schmunzelnd. »Also los, in der Zwischenzeit habe ich mir eine ganz ordentliche Kondition antrainiert.«

Manolito setzte sich in die Einkerbung zwischen Klaras Vorder- und Hinterleib, so fand er bequem hinter den zwei Flügelpaaren Platz. Seine Beinchen legte er dicht an Klaras Körper hinter ihr erstes Beinpaar.

Es dauerte ein bisschen, bis sich Manolito an das laute Brummen der Flügel direkt neben seinem Ohr gewöhnt hatte. Klara war überraschend flexibel in ihrer Steuerung. Scharf nahm sie die Kurven, um Höhe zu gewinnen, dann ging es schnurstracks steil nach oben. Schnell wurde die Landschaft unter ihnen kleiner. In der Höhe schien sich die Geschwindigkeit zu verringern, doch das war nur eine Täuschung. Es wurde zunehmend kühler und Manolito drückte sich tief in Klaras warmen Pelz, auch um den Luftwiderstand zu verringern. Er kam sich vor, als säße er in einem flauschigen Sessel – was für eine angenehme, fast schon luxuriöse Art zu reisen! Inzwischen schien Manolito auch keine besondere Last mehr für Klara zu sein. Sie schätzte seine Gesellschaft und die zahlreichen Fragen, die ihr von hinten an die Ohren drangen.

Klara war eine kluge, erfahrene Königin. Sie hatte schon vieles erlebt, wusste über das Land Aronia Bescheid, über seine Natur und das Leben dort. Eine bessere Reisebegleitung hätte Manolito sich nicht wünschen können. Endlich sah er seine neue Heimat wirklich von oben. Argos, der Nachtfalter, war längst nicht so hoch gestiegen. Er war auch nicht so schnell gewesen, außerdem bei Nacht unterwegs. Das Mondlicht hatte kaum ausgereicht, um die Landschaft in der Tiefe zu betrachten. Jetzt, bei Tage, war alles anders.

Langsam zogen die Wälder und Auen vorüber. Silbrig funkelten die Bäche und Seen im Sonnenlicht. Und in der Ferne begrenzte der weite Horizont, den Manolito seiner geringen Körpergröße wegen fast nie erblicken konnte, das Bild. Alles war licht und hell. Seit sich Manolito im Wald von Aronia aufhielt, hatte er mit wenigen Ausnahmen alles aus der Perspektive der Kriechtiere wahrgenommen, als wäre er ein Reptil. Jetzt war es ein großes Erlebnis, die Weite des Raumes um sich herum zu erleben. Manolito blickte in das Blau am Horizont und bekam eine Ahnung von der Unendlichkeit. Er fühlte, wie es war, dem Himmel nahe zu sein. An das Brummen hatte er sich inzwischen gewöhnt und auch die Angst vor der Höhe war gewichen. Manolito hatte volles Vertrauen in Klara und war glücklich.

Kleine Wolken zogen wie eine versprengte Schafherde an ihnen vorüber. Sie begegneten bunten Vögeln, wie sie Manolito noch nie gesehen hatte. »Es ist eigentlich nicht meine Gewohnheit, so hoch zu fliegen«, rief Klara ihm zu. »Das mache ich heute nur, damit du deine neue Heimat aus einer anderen Perspektive zu sehen bekommst.«

Sie hatten Rückenwind und kamen schnell voran. Auf der linken Seite sah man einen von Aronias hohen Gebirgszügen, das Zentaurische Hochmassiv. Lange flog Klara mit Manolito an der Baumgrenze des Gebirges entlang. Über den Waldzonen lag in den Senken stellenweise noch der Schnee vom letzten Winter. In der Ferne senkten sich die Berge in die Ebene von Klagonia.

Sie flogen über sanfte Hügel in frischem Smaragdgrün. Über das ganze Gebiet verstreut weideten mächtige Tiere. Manolito hatte darüber gelesen, dass es in Aronia noch Mammuts gab. In Knuths Elfenbuch waren sie abgebildet gewesen. Er war sich sicher, dass die Tiere dort unter ihnen dieser Gattung angehörten.

Klara begann, die Flughöhe zu reduzieren, sie wollte Manolito etwas Besonderes zeigen. In der Ferne sah man eine kantige Erhebung. Das Sonnenlicht bestrahlte eine seltsam funkelnde Formation. Im Näherkommen entwickelte sich das Bild, die Umrisse eines mächtigen Steins waren zu erkennen. Ein grünblauer Smaragd lag, von sanften Hügeln eingerahmt, in der weiten Landschaft. Es war, als ob der mächtige Stein das Sonnenlicht in sich aufnähme. Er strahlte und funkelte, wie es noch niemand in der Menschenwelt gesehen hatte, und Klara sagte: »Dieses Juwel kommt aus dem Eis, ein Geschenk für Aronia und seine Bewohner. Als sich vor zehntausend Jahren die Gletscher zurückzogen, ließen die Eismassen diesen Fels zurück. Wir Aronianer sind uns sicher, dass der Stein lebt, so wie die gesamte Erde ein lebender Organismus ist. Die Flüsse und Bäche sind das Aderngeflecht der Welt, vergleichbar mit den Blutgefäßen unseres Körpers.«

Nachdem Klara den Fels für Manolito einige Male umrundet hatte, ging die Reise weiter in den Osten. Bald tauchte vor den beiden eine große Wasserfläche auf. Es war der See von Arcantus. Klara rief Manolito zu: »Langsam bin ich erschöpft. Wir werden in dem Wald am Ufer des Sees unseren Flug beenden. Den See zu überqueren, wäre für mich eine zu große Belastung, schließlich bin ich auch nicht mehr die Jüngste.«

Manolito nickte verständnisvoll, auch wenn Klara es gar nicht sehen konnte.

Zwischen hohen Eichen landeten die beiden sicher und sanft auf modrigem Waldboden. Nun hatten sie Hunger und suchten nach Stärkung. Klara fand sogleich einen guten Bestand an Fingerhut, *Digitalis* genannt. Sie schlüpfte in die Blüten, wo ein gewaltiger Nektarvorrat nur darauf wartete, von ihr verspeist zu werden. Gleich daneben lag ein

Heidelbeerfeld, in dem sich Manolito bediente. In großer Zahl baumelten die prallen Beeren über seinem Kopf, er benötigte nur wenige Früchte, um satt zu werden. Müde und mit vollem Bauch ließen sich Klara und Manolito schließlich auf dem weichen Boden unter einer alten Buche nieder. Es dauerte nicht lange, bis der Schlaf sie überkam.

Die Sonne stand noch tief und warf lange Schatten auf den Waldboden, als Manolito am nächsten Morgen erwachte. Klara brummte im Schlaf und schien zu träumen. Doch das vielstimmige Singen der Vögel weckte schließlich auch sie. Höflich erkundigte sich Manolito, ob die Königin wohl geruht habe. Nachdem er ihr eine nektarreiche *Campanula* zum Frühstück gereicht hatte, fragte er: »Was haben sich die Vögel nur unablässig mitzuteilen? Sie zwitschern derart durcheinander, dass ich kein Wort verstehen kann.«

»Sie erzählen sich, wie die Nacht gewesen ist, was sie geträumt und was sie gestern erlebt haben«, gab Klara zur Antwort. »Auch das, was wiederum andere ihnen erzählt haben. Hier in Aronia ist alles vernetzt. Ich weiß, wenn die Brut im Bienenvolk von Eufemien geschlüpft ist, wenn die Grasmücke Mathilde sich als Regenschirm für dich zur Verfügung gestellt hat oder wenn das Hornissenvolk Caplibis mit seiner Monarchin seinen Jahresausflug ins Gebirge des Sonnenaufgangs macht. In Aronia wissen immer alle alles. Es wird unablässig geredet. Es ächzt und brummt, zirpt und pfeift. Überall singen und piepsen sie. Nicht einmal in der Nacht sind die Tiere stumm. Wie hätte dich der Rabe Kasimir wohl sonst gefunden? Er hat sich durchgefragt, um zu dir zu gelangen. Gleich wird er hier auftauchen. Ich weiß schon jetzt, dass er auf seinem Flug einige Insekten und auch Vierbeiner nach dir gefragt hat. Die Informationen wandern in Aronia schneller als der Bote selbst. Es ist auch längst bekannt, dass die Hummelkönigin Klara die Erste im Tandemflug mit einem unbekannten Fluggast durch Aronia unterwegs ist. Wir sind eine große, manchmal auch eine verschworene Gemeinschaft.«

Manolito staunte nicht schlecht über diese neue Welt und war froh, so viel darüber erfahren zu dürfen. Neben ihm streckte ein Engerling neugierig seinen dicken, kastanienbraunen Kopf aus der Erde. Sein weißlicher Körper war ungemein beweglich. Er drehte und wand sich, als wolle er mit seinen ausschweifenden Bewegungen die Aufmerksamkeit auf sich lenken. Manolito war überrascht: So eine Gestalt war ihm bisher auch noch nicht begegnet.

»Was machst du denn da im Dunkeln?«, fragte Manolito.

»Ich heiße Kurt. Ich warte nun schon seit vier Jahren unter der Erde und freue mich riesig auf den Oktober, denn dann darf ich endlich aus meiner Hülle schlüpfen. Kann es kaum erwarten, bis ich mich nach dem Plan des Schöpfers entwickelt habe. Wenn ich dann ein Maikäfer geworden bin, muss ich noch den ganzen Winter in der Erde bleiben. Erst im nächsten Mai ist es so weit, dann kann ich endlich fliegen. Darum nennt man mich Maikäfer. Uiii, wie ich mich darauf freue! Und wenn ich dann herumfliegen kann, schaue ich mir ganz Aronia ...«

Das waren Kurts letzte Worte. Wie aus dem Nichts war plötzlich der Rabe Kasimir aufgetaucht und vor Königin Klara gelandet. Mit seinem scharfen Blick hatte Kasimir den Engerling sofort entdeckt.

»Mmh, ein Leckerbissen! Du kommst mir nach dem langen Flug gerade recht.« Im Nu hatte Kasimir Kurt, den künftigen Maikäfer, mit dem Schnabel erfasst und zog das Tier nun gewaltsam aus der Erde. Kurt wehrte sich, so gut er konnte, aber Kasimir zerrte so gierig an ihm, dass der Engerling lang und länger wurde und schließlich nachgab. Mit einem einzigen Happen hatte Kasimir ihn verschlungen.

Manolito war entsetzt: »Was hast du getan, du schrecklicher Rabenvogel? Du Untier!«

»Ich will auch nicht immer nur den Müll anderer Leute vertilgen, den stinkenden Abfall, den sie neben sich fallen lassen«, antwortete Kasimir dem wütenden Manolito. »Was die Hunde nicht fressen, ist für mich immer noch gut genug, was? Das war endlich einmal ein richtig guter Leckerbissen. Und jetzt sei still! Ich bin zwei weite Strecken geflogen und möchte mich ausruhen. Hier sind zwei Briefe: ein Briefchen von Knuth und ein Brief an die Königin. Ich werde mich jetzt dort oben auf dem Ast entspannen.« Er flatterte ein Stockwerk höher in die Buche.

»Ach, herrje!«, dachte Manolito bei sich. »So habe ich Kasimir ja noch nie erlebt. Man lernt doch immer wieder neue Seiten an den Tieren kennen.«

Klara ließ den Rüssel hängen und starrte erschrocken ins Leere. »Der arme Engerling, er hat sich so auf seine Zukunft gefreut. Das Leben hat eben auch in Aronia seine dunklen Seiten.« Dann machte sich die Königin daran, den Brief zu lesen: »Nanu, er kommt vom Zentralen Rat der Vereinigten Arten Aronias. Das muss etwas Wichtiges sein.«

An Ihre Majestät, Königin Klara die Erste vom Neptunfeld
Die Verwaltung gibt bekannt:

Die Mitglieder des Zentralen Rats der Vereinigten Arten werden gebeten, sich am 33. Tag des sechsten Monats dieses Jahres in der Regierungsburg Saturia im Zentrum Aronias einzufinden.

Die vierbeinigen Höhlenbewohner an der Grenze zwischen Menschenreich und Aronia haben festgestellt, dass die Menschen begonnen haben, mit schwerem Eisengerät unter Aronia nach Gold, Öl und anderen Bodenschätzen zu schürfen. Daher rührt das tagelange Grollen und Donnern an der Grenze Aronias. Unsere Höhlenbewohner wie Fuchs, Dachs, Maus usw. haben massive Schäden an ihren Behausungen gemeldet. Teile von Aronia sind bereits unterhöhlt. Die für die Menschen unsichtbare Wasserwand ist gefährdet und droht einzubrechen. Die Folgen für Aronia wären unübersehbar. Es wird zu beraten sein, was dagegen unternommen werden kann und welche Schritte einzuleiten sind.

Manolito beobachtete Klara und war erstaunt über ihre Reaktion. Sie schien sehr bekümmert. Schließlich seufzte sie tief und sagte: »Ich muss eine große Reise zum Zentralen Rat der Vereinigten Arten antreten. Das ist nicht ganz ungefährlich.«

»Soll ich dich vielleicht begleiten?«, fragte Manolito spontan.

»Ich werde es mir überlegen«, gab Klara zur Antwort. »Jetzt lies erst einmal deinen Brief.«

Manolito begann zu lesen:

Lieber Manolito,

herzlichen Dank für das Seerosenblatt. Kasimir hat es mir wohlbehalten – etwas zerknittert, aber noch gut lesbar – gebracht.
Wie geht es Dir? Ich denke so oft an Dich. Ich bin umgezogen, in eine billigere Wohnung im siebten Stock. Sie hat einen Dachbalkon, von dem ich über die Dächer der Großstadt sehen kann. Es sind keine schönen Dächer! Alle flach und viereckig wie die Deckel von Schuhkartons, kantig, grau und abweisend. Ich verstehe nicht, wie man so etwas bauen kann. Für mich verkörpert dieser Ausblick den Geist einer Gesellschaft, die ihr Herz verloren hat. Ich frage mich, warum andere Menschen das nicht spüren. Ich bin sicher, du würdest auch so empfinden.
Herr Megelein hat seinen Job gewechselt. Er arbeitet jetzt beim Militär und ist aufgestiegen. Das hat er sich immer gewünscht. Ich habe ihn an der Tankstelle getroffen. Er war sehr nervös und hat mir erzählt, dass auf Deine Ergreifung eine Belohnung von hundertfünfzigtausend Euronen ausgesetzt ist. Wahrscheinlich können sie lange nach Dir suchen, was?

Die Menschen werden kälter in diesem Land. Es geht nur noch ums Geld und den Konsum. Die anderen Werte im Leben haben sie vergessen. Ich fühle mich oft sehr allein. Es wäre schön, wenn Du hier wärst. Unlängst hat die Tageszeitung eine meiner Kurzgeschichten veröffentlicht. Leider sind die schönsten Geschichten verbrannt. Immerhin hat diese etwas Geld gebracht.
Der Sommer will dieses Jahr gar nicht kommen, es ist immer noch sehr kühl.
Mein Wintermantel hängt an der Garderobe, ich brauche ihn immer noch.
Lass es Dir gutgehen und gib auf Dich acht!

Alles Liebe, in alter Freundschaft,

Dein Knuth

Schweigend saßen Klara und Manolito unter der großen Buche und brüteten über ihren Nachrichten, über ihren Köpfen schnarchte Kasimir. Schließlich sagte Manolito zu Klara: »Die Menschen haben ein Kopfgeld auf mich ausgesetzt. Bei den Paarfüßlern geht es immer nur ums Geld. Sollen sie doch daran ersticken.«

»Die werden dich nicht finden, da kannst du dir sicher sein«, beruhigte ihn Klara. »Ich mache mir mehr Sorgen um Aronia. Diese unterirdische Unterwanderung gefällt mir gar nicht. Die Paarfüßler sind unberechenbar und schlimmer als die großen Heuschreckenschwärme in unserem Land. In ihrer Gier könnten sie alles an sich reißen, vernichten und zerstören, was hier lebt. Die Paarfüßler sind imstande, aus der großen Schöpfung mit all ihrer Vielfalt eine Wüste zu machen, bis nur noch Öl, Geld und Gold übrig bleiben. Eines Tages werden die dummen Holzköpfe begreifen, dass man Geld und Gold nicht essen kann. Wir müssen die Menschen von Aronia fernhalten. Darum geht es jetzt, dafür müssen wir kämpfen! Manolito, wenn du willst, kannst du mich begleiten, dann bin ich unterwegs nicht so allein. Aber du solltest wissen, dass diese Reise nicht ohne Gefahren verlaufen wird. Auch in Aronia sind wir nicht im Paradies.«

»Ich will dich gern begleiten und dein Gefolge sein«, bot Manolito ihr an. »So etwas braucht eine richtige Königin doch, oder?«

»Nur dass Königinnen im Allgemeinen chauffiert werden und sich nicht, wie in unserem Fall, als Packesel mit Flügeln betätigen«, gab Klara lächelnd zurück.

Manolito tat so, als hätte er den letzten Satz nicht gehört und gab keinen Kommentar zu Klaras Äußerung ab. »Ich muss nur Knuth noch kurz benachrichtigen, damit er sich keine Sorgen macht. Kasi, könntest du bitte kommen? Ich brauche dich! Genug geschlafen, wach auf!«

Kasimir fuhr in die Höhe. Manolito bat ihn, am Ufer des Sees hinter dem Schilfgürtel ein Seerosenblatt für ihn zu holen und dann unter den Eichen noch einen Tintling zu suchen. Kurz darauf konnte Manolito das Brieflein an Knuth schreiben:

Lieber Knuth,

es geht mir gut und ich bin in Sicherheit. Du brauchst Dir um mich also keine Sorgen zu machen. Im Gegenteil kannst Du Dich sogar mit mir freuen: Ich habe eine ganz liebe Freundin gefunden. Sie kommt aus einer guten Familie und ist von hohem Stand. Klara ist gebildet und weiß viel über ihre Heimat. Wir haben eine ausgedehnte Flugreise vor uns, ich freue mich schon sehr darauf. Vor Megelein fürchte ich mich nicht. Ich denke, so ein Mensch wird irgendwann seine Lektion erhalten.
Wir haben schönes Wetter, es ist hier fast wie im Paradies.
Ich wünsche Dir schöne Einfälle beim Erfinden Deiner Geschichten. Bleib fröhlich!

Alles Liebe, ich denke an Dich,

Dein Manolito

Während er noch schrieb, dachte Manolito: »Knuth würde das, was ich hier erlebe, niemals glauben – ein kichererbsengroßer Wicht, der auf dem Rücken einer Hummelkönigin durch Aronia fliegt und sich mit Engerlingen, Grasmücken und Nachtfaltern unterhält! Was ich ihm geschrieben habe, ist ja nicht gelogen, sondern nur eine etwas andere Form, meine Erlebnisse zu schildern.«

Wie gewohnt nahm Kasimir das Blatt in den Schnabel und verschwand dann in Richtung Westen im Wald. Klara putzte ihre durchsichtigen Flügelpaare mit den Hinterbeinen und sagte: »Im Namen des Schöpfers von Aronia: Steig auf und lass uns die Reise beginnen!«

9. Kapitel

Eine gefährliche Reise

Sie waren schon eine ganze Weile unterwegs, die Hummelkönigin Klara und Manolito, der kleine Passagier auf ihrem Rücken. Bald war die Vegetationsgrenze erreicht. In der Ferne strahlten schneebedeckte Berge und große Gletscher. Diese zu überfliegen, war für Klara nicht möglich. Sie musste tiefe Täler ansteuern, um ins Zentrum Aronias zu gelangen.

Die Ebenen begannen anzusteigen, langsam verringerte Klara die Flughöhe. Wiesen und Bäche wurden sichtbar, Pflanzen und Blumen waren zu erkennen. Auf den Almen leuchteten Enziane und Alpenrosen in großer Zahl. Im Vordergrund eines herrlichen Panoramas türmten sich mächtige Felsen auf. Groß und stumm standen diese Heiligtümer seit Jahrtausenden verstreut. Niemand konnte sagen, auf wen sie warteten. Manolito wollte wissen, wer dort versteinert worden sei, und Klara antwortete: »Man nennt diese Gegend das Land der Götter. Es müssen Titanen gewesen sein, die solche Werke erschaffen haben.« Wie Standbilder erhoben sich die Felsen steil aus der Landschaft. Jetzt formierten sie sich in zwei Reihen und bildeten die Begrenzung einer gewaltigen Straße. Klara folgte dieser und es schien, als grüßten die steinernen Zeugen aus grauer Vorzeit. Manolito winkte ihnen zu. Was mochte sich einst in diesem Lande zugetragen haben?

Klara und Manolito erreichten das Zentralmassiv von Carmarsand. Es war unübersehbar hoch von Gletschern überzogen. Diese zu überfliegen, war Klara nicht möglich, zu groß war die Kälte in der Höhe. Die Wand jedoch schien endlos zu sein. Geduldig flog Klara an ihr entlang, bis das Massiv durch eine enge Schlucht geteilt wurde.

»Dies ist die Schlucht der verlorenen Seelen«, erklärte Klara. »Wir müssen hindurch. Es ist der einzige Weg, um auf die andere Seite des Zentralmassivs zu gelangen.«

In einer weiten Kurve bog sie in die Schlucht ein. Links und rechts stiegen dunkle Felsen unendlich in die Höhe.

»Wir können in diesem Tal keine Pause machen«, rief Klara. »Es ist kalt und feucht, kein Platz zum Verweilen.«

Die Sonne traf mit ihren Strahlen nur die oberen Spitzen der hohen Felsen. Klara zog das Tempo an. Es schien, als wolle sie dieses Stück des Weges möglichst schnell hinter sich bringen. Dicht hinter dem Eingang staute sich noch die Wärme des sonnigen Tages in der Schlucht. Doch je weiter der Weg in die Tiefe führte, desto kühler wurde es. Die blauschwarzen Wände rückten bedrohlich nahe. Manolito verstummte und kauerte sich in den Pelz seiner Pilotin. Er war wirklich froh, Klara bei sich zu haben. Wie tapfer und unbeirrt sie flog! Auch die Königin war in Schweigen verfallen und konzentrierte sich auf die Strecke, die vor ihnen lag. Nebelschwaden drängten sich von beiden Seiten in die Schlucht und tanzten in seltsam gespenstischen Formationen. Die Sicht wurde schlechter. Dann lösten sich die Gebilde wieder und gaben den Blick frei.

»Wenn nur die Sicht klar bleibt! Ich bin auf Sichtflug eingerichtet und habe kein Radar«, dachte Klara, behielt ihre Sorgen jedoch für sich, um Manolito nicht zu beunruhigen. Sie hatte ohnehin den Eindruck, dass er sich weit mehr fürchtete als sie.

Der schmale Lichtspalt weit über ihnen verdunkelte sich langsam. Dichte Wolken zogen auf. Das Licht wurde schwächer, die Orientierung zunehmend schwierig. Klara war angespannt.

Plötzlich tauchten in der Ferne winzige Lichtpunkte auf. Schnell vermehrten sie sich. Sie bewegten sich rasant und kamen näher. »Das sind Irrlichter«, erklärte Klara. » Sie wollen uns verwirren und zur Umkehr zwingen, aber das werden wir nicht zulassen. Ich versuche, noch ein bisschen schneller zu fliegen, damit wir ihnen entkommen können.«

Manolito schwieg und wünschte sich zurück unter den blauen Himmel. Bald pikste es an seinem ganzen Körper wie die Stiche von tausend Nadeln. Er behielt es für sich und hoffte, dass Klara nicht ähnlich litt. Doch Klara war geschützt durch ihren Chitinpanzer, der wie eine Rüstung wirkte. Jetzt hallten laute Pfeif- und Piepsgeräusche durch den mächtigen Schlund, aber man konnte keine Tiersprache ausmachen, geschweige denn irgendetwas verstehen. Der Lärm trieb ihnen Schauer über den Rücken. Manolito fühlte sich, als würde er von unsichtbaren Gestalten attackiert und von allen Seiten angestupst. Diese Reise hatte er sich wahrlich anders vorgestellt.

»Wir müssen hindurch«, sagte Klara. »Es gibt keinen anderen Weg.«

Plötzlich verdunkelte sich die Schlucht durch dichte Wolken noch weiter. Es war, als bräche die Nacht herein. Manolito konnte Klaras Verzweiflung spüren. »Ich habe die Orientierung verloren«, stieß sie plötzlich hervor. »Ich sehe nichts mehr. Vielleicht fliegen wir im Kreis oder zurück, ich weiß es nicht. Wir brauchen Hilfe, sonst sind wir verloren.«

Am meisten fürchtete sie sich davor, mit ihren zarten Flügeln an den messerscharfen Felskanten hängenzubleiben. Mit verletzten Flügel wäre ein Weiterfliegen unmöglich. Klara blieb in der Luft stehen. Auch an eine Landung war nicht zu denken. Sie wusste nicht, was sich unter ihr befand – vielleicht floss dort ein Bach oder scharfkantige Felsen lauerten in der Tiefe? Sie verharrte stehend im Flug. Klara hatte die vage Hoffnung, dass sich die schwarzen Wolken irgendwann doch noch verziehen würden. Doch langsam schwanden die Kräfte der Königin. Manolito saß zusammengekauert auf Klaras Rücken und machte sich so leicht wie möglich. Auf einmal zuckte Klara zusammen. Unter ihren Beinen fühlte sie etwas Festes, eine Kraft, die sie nach oben schob. Sie spürte Entlastung und konnte den Flügelschlag verlangsamen.

»Fürchte dich nicht«, ertönte eine Stimme aus dem Nebel. »Ich bin Philomena, der Art der Fledermäuse, *Microchiroptera,* zugehörig. Ich weiß, du bist Klara die Erste, Königin vom Neptunfeld. Lass dich auf meinem Rücken nieder und mach es dir bequem. Ich will euch bis ins Licht tragen. Klara, du hast viel getan für unser Land. Ein großes Stück der Reise liegt noch vor euch, ihr braucht Geduld und Kraft. Ich freue mich, wenn ich euch helfen kann.«

»Woher weißt du denn, in welche Richtung wir fliegen müssen?«, fragte Klara. »Kannst du etwas sehen?«

Philomena klärte sie auf: »Bei weiten Strecken orientiere ich mich am Erdmagnetfeld. Jetzt fliege ich mit meiner Echo-Ortung. Außerdem bin ich nachtaktiv und ein sehr schneller Flieger. Im Moment fliege ich für meine Verhältnisse sehr langsam, damit der Luftwiderstand euch nicht wegpustet.«

»Du nimmst Rücksicht auf uns? Das ist sehr lieb von dir«, entgegnete Klara. »Mein Gott, wir sind ehrlich froh, dass du vorbeigekommen bist! Ohne dich hätten wir völlig die Orientierung verloren und bei der Suche nach dem richtigen Weg unsere Kräfte aufgezerrt.«

»Sag einfach Philomena zu mir«, unterbrach die Fledermaus sie kichernd. »Von einer Gottheit bin ich weit entfernt.«

»Ohne dich wären wir verloren gewesen«, fuhr Klara fort. »Ich weiß allerdings nicht, was ich mir unter Echo-Ortung vorzustellen habe.«

»Brauchst du auch nicht. Dir würde sie nicht viel nutzen, ich dagegen bin darauf angewiesen. Es ist ein Geschenk der Natur. Dafür kannst du bunte Farben sehen und dich an den Blumen freuen. Ich sehe die Welt nur in Schwarz-Weiß.«

»Ach, das tut mir leid. Wie trist muss die Welt sein, wenn man sich nicht an bunten Blumen erfreuen kann«, erwiderte Klara.

»Weißt du, ich kenne es nicht anders, mir fehlt der Vergleich. Glücklich zu sein, heißt, keinen Vergleich zu haben.«

»Mein Gott, wie philosophisch du bist!«

»Wie schon gesagt: Ich heiße einfach Philomena.«

»Entschuldige bitte, das ist mir so rausgerutscht«, bat Klara.

»Pass auf, dass du nicht *runter*rutschst!«, rief Philomena. »Klammere dich ruhig richtig in meinem Fell fest. Übrigens lebe ich normalerweise von Insekten, auch deine Gattung steht auf meinem Speiseplan. Ich habe mich allerdings vorrangig auf Moskitos spezialisiert, und Königinnen würde ich niemals verputzen, das kannst du mir glauben. Du brauchst also keine Angst zu haben.«

Langsam begann es zu dämmern. Schemenhaft tauchten die engen, schwarzen Wände links und rechts der Schlucht wieder auf, auch wenn der Nebel immer noch dicht war. Die bleierne Schwere in Manolitos und Klaras Herzen begann langsam zu weichen. Sie ahnten, bald würden sie es geschafft haben.

Schließlich löste sich der Nebel auf, die Wände rasten an ihnen vorüber. Klara hätte niemals so pfeilgeschwind fliegen können, wie Philomena es tat. Die Schlucht war unendlich lang. Diese Strecke zu bewältigen, hätte Klara unendlich viel Zeit und Kraft gekostet. Aber das Ende des Tunnels war in Sicht – ein trüber Lichtschein, der größer und größer wurde. Die bedrohlichen Wände wichen zurück. Klara und Manolito atmeten die Freiheit.

Klara hob von Philomenas Rücken ab, um auf dem Boden vor ihr aufzusetzen. »Wir danken dir, Retterin und Schwester in schwerster Not!«, sagte sie bewegt.

»Na, so geschwollen brauchst du dich jetzt auch nicht ausdrücken«, gab Philomena zurück. »Hab ich doch gern gemacht. Ich wäre heute ohnehin durch die Schlucht gezischt, um meine Ration Mücken und Fliegen zu fangen. Und genau das werde ich jetzt auch tun, ich bin nämlich ziemlich hungrig und das Sonnenlicht macht mir gewaltig zu schaffen.

Ich ziehe die Nacht vor. Lasst es euch gutgehen! Vielleicht sehen wir uns auf der Konferenz.« Philomena verschwand in der Dunkelheit der Schlucht.

Nachdenklich sah Klara ihr nach. »Ist schon sonderbar, wie unterschiedlich die Wesen Aronias geartet sind, oder?«, meinte sie zu Manolito.

10. Kapitel

Flugerfahrungen

Vor Klara und Manolito lag weites Land. Nach der bedrückenden Enge und Dunkelheit des Tunnels wirkte die Umgebung nur umso größer und prächtiger auf die beiden. In ruhigem Flug zogen sie über die unendlich scheinenden Ebenen von Merkurios. Die Wiesen waren dicht von unzähligen Pflanzenarten bewachsen. Viele verschiedene Bienen- und Hummelvölker waren unterwegs. Die meisten von ihnen waren Kundschafter- und Arbeitsbienen, sie sammelten für ihre Brut den Nektar der Blüten. Klara, die mit ihrem Manolito huckepack in gemäßigter Höhe flog, blieb den Augen der emsigen Arbeiterinnen nicht verborgen. Es war ein seltsamer Anblick für die Bienen- und Hummelbevölkerung, einen Paarfüßler auf dem Rücken einer Königin sitzen zu sehen – und noch dazu den kleinsten Paarfüßler, den man überhaupt je gesehen hatte. Dennoch ließen sie sich nicht von ihrer Arbeit ablenken.

Klara drehte einige Runden über der prächtigen Wiese und Manolito winkte den Arbeitsbienen fröhlich zu. Gemächlich schwebten sie zwischen all den arbeitenden Völkern, in diesem großen Summen und Weben dahin. Wenn sie gefragt wurden, wer sie seien und wohin sie flögen, schrie Manolito laut hinaus: »Das ist Klara die Erste, Königin vom Neptunfeld, wir fliegen zur Regierungsburg Saturia. Aronia ist in Gefahr und wir müssen beratschlagen, was wir unternehmen können. Wir haben schon einen weiten Flug hinter uns.«

Die Hummeln und Bienen, Wespen und Schwebfliegen und alles, was sich in und über der Wiese befand, riefen durcheinander: »Wir wissen Bescheid über das Leid der Höhlenbewohner und die fortschreitende Unterwanderung durch die Paarfüßler. Wenn ihr uns braucht, sind wir bereit. Jeder von uns wird seinen Beitrag leisten, um Aronia vor Unheil zu bewahren. Wir wünschen einen guten Flug.«

So laut schallte es im großen Insektenchor, dass es bis in den Himmel zu hören war. Einige Schmetterlinge gaben der Königin ein Stück Geleit, bevor sie zurückfielen. Klara war um vieles schneller als die Tagfalter.

Die Königin wusste, dass es am Zusammenhalt der Bevölkerung von Aronia nicht mangeln würde. Alle waren fest entschlossen, dem Reich beizustehen.

Als sie das Hochplateau überquert hatten, brach das Land plötzlich ab und fiel zweitausend Meter steil in die Tiefe. Klara und Manolito flogen über die Bruchkante. Unter ihnen lag eine weiche Landschaft mit einem silbernen Netz aus Flüssen und Bächen. Durch die Gewässer wurden die weiten Ebenen mit ihren Auen und Laubgehölzen gegliedert. Wie ein unregelmäßiges Ornament auf einem grünen Teppich breiteten sie sich aus bis zum Horizont.

Klara drosselte das Tempo. In der Ferne türmten sich mächtige Wolken auf. Eine Front von Kaltluft traf auf eine wärmere Luftströmung. Die Kumuluswolken kündigten ein Gewitter an. Klara war eine erfahrene Fliegerin und wusste, dass es ratsam war, diesen Wolken auszuweichen. Schreckliche Dämonen trieben in diesem harmlos scheinenden Gewölk ihr Unwesen. Es galt also, die fantastischen Gebilde zu umfliegen. Doch die Wolkenmassen kamen näher. Sie schienen vor ihren Augen aufzuquellen und sie zu umfangen. Hinter Manolito und Klara schloss sich der Wolkenkreis. Für eine Landung war es zu spät, Sturzflüge gehörten nicht zu Klaras Kunstflugrepertoire. Es gab nur einen Ausweg: Sie mussten den Versuch wagen, die Wolken an einer Stelle zu durchbrechen.

»Manolito, halt dich ganz fest!«, rief Klara mit ihrer kräftigen Stimme. »Umklammere mich, als wären wir zusammengewachsen. Wir werden bestimmt ganz schön durchgeschüttelt, es könnte unangenehm werden. In der Flugschule hat man uns eingeschärft, nie durch Kumuluswolken zu fliegen. Aber wir haben keine Wahl. Das Glück ist heute nicht mit uns.«

»Ja«, antwortete Manolito entschlossen, »wir müssen es wagen. Achtung, fertig, los!«

Klara schaltete ihre strapazierten Flügel auf Turboumdrehung. So schnell sie konnten, flogen sie in die weiße Wolkenschicht. Manolito kniff die Augen zusammen, er hätte ohnehin im dichten Nebel nichts mehr gesehen.

Klara wusste, was sie erwartete. Es war wie eine Fahrt über gewaltige Holperstraßen. Ruckartig wurden sie nach oben und nach unten geschleudert. Immer wenn sie gerade dachten, es würde besser, wurde es noch schlimmer. Sie befanden sich in einem Sog.

»Unter diesen Bedingungen kann ich mir das Flügelschlagen auch sparen«, dachte Klara. Sie faltete ihre Flügel zusammen und presste sie fest vor Manolitos Beinchen an ihren Leib. Die beiden wurden herumgewirbelt wie eine Nussschale in den Fluten eines tosenden Meeres, gepeitscht von den Energien und Launen eines unbändigen Sturms. Er sauste und brauste um sie herum und zwischen ihnen hindurch, als wollte er Manolito und Klara mit aller Gewalt trennen und zerreißen.

Klara kannte die elementare Kraft des Windes. Instinktiv stellte sie sich auf Blessuren ein. Ihr Chitinpanzer war hart im Nehmen. Manolito hingegen war weniger gut geschützt. Der Regen peitschte ihm auf den Rücken, der Orkan riss an seinem Hemdchen. Und es war kalt dort oben. Sie waren im Wirbel der Wolke gefangen. In unglaublicher Geschwindigkeit wurden sie herumgeschleudert. Es ging im Kreis – mal weiter oben, mal weiter unten – unendlich im Kreis. »Das ist ja wie in der Wäschetrommel bei Herrn Megelein«, schrie Manolito nach vorn, »nur dass damals das Wasser wärmer war.«

Die wilde Fahrt nahm kein Ende, das Unwetter schien eine Ewigkeit zu dauern. Geduldig hielten die beiden aus. Irgendwann konnte es nicht mehr schlimmer kommen, irgendwann musste es aufhören. Es pfiff und brauste, grollte und donnerte. Die Dunkelheit wurde durch grelle Blitze erhellt. Manolito und Klara zitterten, sie bekamen einen Vorgeschmack der Hölle. Mit so etwas hatte selbst Klara nicht gerechnet. »Oje, was muss ich noch alles durchmachen«?«, dachte sie. »Wozu soll das alles gut sein, was hat das alles für einen Sinn?«

Den Wolken waren Klaras Klagen gleichgültig. Sie peitschten ihre Opfer. Wild prasselte der Regen auf sie ein, der Sturm zerrte an ihnen, als wollte er sie in Stücke reißen. Sie waren der hilflose Spielball der Elemente. Dann gab es plötzlich einen Ruck, als würden sie gegen eine Wand prallen, und im nächsten Augenblick bewegten sie sich in eine ganz andere Richtung. Zunächst war es ganz still, unendlich still, dann erhob sich ein Brausen: Kein Zweifel, sie stürzten! Sie waren im Auge des Orkans und fielen nach unten.

Im Inneren des Tornados war es ruhig, um sie herum tobte das Chaos. Geistesgegenwärtig setzte Klara ihre Flügel in Gang, um den Sturzflug abzufangen. Sie bereitete sich auf eine möglichst rasche Landung vor, um aus der Gewitterzone zu kommen. Umgeben von Blitz, Donner und Regen schossen sie der Erde entgegen. Aber sie waren erleichtert, fühlten sich befreit. Endlich setzten sie auf dem Boden auf. Das war gerade noch einmal gut gegangen. Einige Blessuren hatten sie abbekommen. Klaras Pelz war tropfnass, doch ihr Chitinpanzer war ein wunderbarer Schutz. Manolito zitterte und beide suchten ein trockenes Plätzchen. Doch sie mussten gar nicht lange warten und schon riss der Himmel auf und goldene Sonnenstrahlen trafen auf die Erde. Der Schock war bald vergessen und sie machten sich direkt weiter auf den Weg. Sie hatten keine Zeit zu verlieren.

11. Kapitel

Im Land der Elfen

In den Auen der Ebene fanden Klara und Manolito in einem Weidenbaum ein ausgedientes Vogelnest. Normalerweise hätte Klara eine Höhle zur Übernachtung bevorzugt, aber der Boden war vom Regen ganz aufgeweicht und klamm – kein guter Schlafplatz für Manolito mit seiner durchnässten, zerrissenen Kleidung. Er brauchte ein trockenes Nachtlager. Deshalb machten sie es sich in der oberen Etage des Auenwaldes bequem und Manolito kuschelte sich neben Klara in warmes Moos und Federflaum.

Klara stellte ihre Fühler auf, die sie während des Fluges eingeklappt hatte, und sagte nachdenklich: »Eigentlich sollte ich meiner Aufgabe als Königin nachkommen. Es wäre längst an der Zeit, ein neues Volk zu gründen und für königlichen Nachwuchs zu sorgen, damit die Dynastie erhalten bleibt. Aber ich spüre, Aronia braucht meine Hilfe. Wir müssen zusammenhalten und jeder muss seinen Beitrag leisten, damit unsere Heimat bleibt, was sie ist. So werde ich wohl auf meine Fortpflanzung verzichten müssen. Das ist zwar ein großes Opfer, aber Aronia ist es wert. Du musst wissen, lieber Manolito, ich lebe nur ein Jahr, dann ist meine Zeit auf diesem Planeten abgelaufen. Du lebst viele Jahrzehnte, aber das macht eigentlich gar keinen Unterschied. Zeit ist eine Illusion. Eine Eintagsfliege lebt nur einen Tag, empfindet diesen Tag aber als ebenso lange wie ein Mensch, der hundert Jahre lebt, sein Leben. Es kommt darauf an, wie bewusst wir leben und was wir aus unserem Dasein machen. Die messbare Länge des Lebens ist gar nicht so wichtig.«

»Du lebst nur ein Jahr?«, fragte Manolito entsetzt. »Das ist ja schrecklich! Dann müssten wir eigentlich dankbar für jeden Tag sein und uns freuen, dass wir ihn haben.«

»Du hast mich verstanden«, antwortete Klara.

Manolito streichelte ihr zärtlich den Pelz. »Wir sind doch ein tolles Team! Ich hätte, als wir uns auf dem Balkon bei Knuth zum ersten Mal trafen, nie gedacht, dass wir uns so nahe kommen und uns so gut verstehen würden.«

»Ich bin auch froh, dass ich diesen mühseligen Weg mit dir zusammen gehen kann«, erwiderte Klara. »Jetzt lass uns schlafen, wir haben morgen noch eine weite Reise vor uns.«

Der Nebel hing tief und die Luft war schwer von Feuchtigkeit, als Manolito und Klara am nächsten Morgen aufbrachen. Ihre Flugroute führte am Geraniengebirge entlang in Richtung Osten, dem großen Elfenwald entgegen. Klara hatte den Weg im Kopf, sie konnte sich auf ihren Instinkt verlassen. Manolito hatte zwar keine Ahnung von der Strecke, vertraute Klara aber voll und ganz und hatte keine Bedenken, dass sie sich verfliegen könnte.

Die Freunde überquerten den Opalsee. Still und silberblau lag die Wasserfläche auf der Hochebene, eingefasst von sattem, fruchtbarem Grün. Die Spiegelung des Himmelsblaus ließ den See funkeln wie ein kostbarer Stein. Wo die grünen Regionen endeten, erhoben sich wehrhaft und unüberwindlich hohe, eisbedeckte Berge, als wollten sie das Gebiet abschirmen und das Geheimnis des Sees behüten.

»Schau nach unten und genieße, was uns Aronia für schöne Bilder schenkt«, forderte Klara Manolito auf. »Den Vierbeinern sind solche Ausblicke nicht vergönnt.«

Der Wind blies von Westen nach Osten, sie hatten Rückenwind. Der Flug wurde schneller. Klara reduzierte ihre Flughöhe, denn unten war es wärmer und sie fühlte sich bei höheren Temperaturen wohler, besonders beim Fliegen. Die Luft wurde immer klarer und gab den Blick auf weite Fluren frei. Am Horizont ahnte man eine große Erhebung. Die Landschaft in der Ferne schien im Azurblau zu schweben.

Je deutlicher sich die Konturen abzeichneten, je mehr sich Klara der Erhebung näherte, desto heftiger klopfte Manolitos Herz. Er konnte es sich nicht erklären, aber tief in seiner Seele verspürte er eine große Sehnsucht. Solche Gefühle waren Manolito fremd. Irgendetwas schien ihn anzuziehen wie ein Magnet. Er war den Tränen nahe, doch er behielt seine Empfindungen für sich.

»Möchtest du wissen, was es mit dieser Gegend auf sich hat?«, fragte Klara, während sie im ruhigen Flug über die Landschaft zogen. »Vor zehntausend Jahren erstreckte sich hier eine gewaltige Eiswüste. Kein Baum und keine Pflanze hatten eine Chance zu überleben, so kalt war es in diesem Gebiet. Das Eis blieb über Jahrtausende, bis die Götter Erbarmen mit der Welt hatten. Sie schickten die Elfen. Das Eis schmolz, es verwandelte sich in Wasser und bildete die Seen, Bäche und Flüsse, über die wir gerade fliegen. Die Elfen erweckten das Land mit ihrer Liebe zum Leben.

In die neue Erde säten die Elfen die Samen aller Bäume aus, die sich in dieser Region wohlfühlten. Zu dieser Zeit gab es noch keine Grenze zwischen Aronia und dem Menschenreich. Die Bäume entwickelten sich prächtig, alles wurde grün und fruchtbar. Doch bald erhoben sich die Menschen in ihrem Streben nach Macht über die Götter. Die Götter zogen sich zurück und überließen den Menschen das Feld. An die Stelle der Götter trat das Geld. Wolken zogen über das Land der Menschen. Der Himmel verdüsterte sich, die Schatten wurden dunkler. Doch die Menschen bemerkten es nicht. Sie entfernten sich von der Natur und durchschnitten das Band, das sie mit der restlichen belebten Welt verband. Schließlich begannen sie auch, die Natur rücksichtslos auszubeuten, viele Tiere wurden von den Menschen ausgerottet. Von den Menschen unbemerkt entstand die große Wasserwand von Aronia, um wenigstens einen Teil der Schöpfung zu bewahren.

Mit den Göttern haben sich damals auch die Elfen von den Menschen zurückgezogen. Die blaue Landschaft vor uns ist der Ort, an dem die Elfen seit jener Zeit leben. Wir umfliegen dieses Refugium. Der Eintritt in das Elfenland ist auch den Bewohnern Aronias verwehrt. Nur wenige auserlesene Tierarten sollen mit den Elfen zusammenleben. Man weiß sehr wenig über diese geheimnisvollen Wesen, die einst die Welt beherrschten. Man sagt, die Elfen warten, bis eine bessere Zeit anbricht.«

Klara flog etwas höher. So konnte man sehen, dass der endlos scheinende Elfenwald von einem noch größeren kristallklaren Gewässer umgeben war. Einem Eiland gleich schlummerte der alte Wald vor sich hin, als dürfe nie jemand seine Geheimnisse ergründen.

Manolito war ganz still und nachdenklich geworden. Klara spürte seine Veränderung. »Was ist mit dir, Manolito?«

»Ach, lass uns doch bitte zum Elfenwald fliegen, ganz gleich, was uns dort erwarten mag. Was haben wir schon zu verlieren?«

»Manolito, das geht nicht. Keine Macht der Welt könnte uns dorthin bringen. Ein Magnetgürtel schützt das Gebiet vor Eindringlingen. Niemand weiß, was mit den vielen Neugierigen, die den Schutzwall überwinden wollten, geschehen ist. Du kannst es mir glauben. Auch ich brenne vor Neugier auf den Elfenwald.«

»Es ist mehr als Neugier. Mein Herz zieht mich unweigerlich dorthin«, entgegnete Manolito. »Ich halte es kaum aus. Setz mich hier ab, dann gehe ich allein zu Fuß, ganz gleich, was geschieht. Noch nie hatte ich so klar und deutlich vor Augen, was ich zu tun habe. Ich muss in diesen Wald!«

»Ich lass dich doch nicht allein in den Elfenwald ziehen«, wehrte Klara ab. »Vielleicht kommst du nie wieder heraus. In zehn Meilen, auf der Höhe der großen Findlinge spürt man die abweisende Kraft des Magnetgürtels. Lass uns bis dorthin weiterfliegen, dann wirst du selbst erleben, wovon ich spreche.«

In gebührendem Abstand flogen sie den geheimnisvollen Magnetgürtel entlang. In der Ferne waren die Wasserfläche und auch die ersten mächtigen Bäume des Waldes zu sehen. Stolz wiegten sich die Stämme im Wind. Die Bäume waren hoch wie Giganten, sie reichten bis in den Himmel. Die Spitzen der Baumkronen waren für das Auge nicht mehr wahrnehmbar, sie verschmolzen mit dem Blau des Himmels. Es waren die mächtigsten Zeugen des Lebens auf unserer Erde. Der Anblick ließ Manolito und Klara verstummen. Wie niemals zuvor erfüllte sie die Ehrfurcht vor der Schöpfung.

Langsam näherten sie sich dem Magnetgürtel, aber Manolito spürte keinen Widerstand. Er fühlte, dass ihm der Weg in den Elfenwald nicht verwehrt war.

»Lass uns wagen hineinzufliegen«, flüsterte er Klara sanft ins Ohr.

Nun spürte es auch Klara. Sie wurden förmlich in den Wald hineingezogen. Sie benötigte keine Kraft, es flog sich wie von selbst. Das Ganze war Klara unheimlich.

»Du brauchst dich nicht zu ängstigen, Klara«, beruhigte Manolito die Hummelkönigin. »Wir sind hier gut aufgehoben. Es kann uns nichts passieren. Ich bin bei dir.«

Sie flogen geradewegs in den Elfenwald hinein. Zwei Tauben kreuzten ihren Weg. Sie trugen winzige Kleidungsstücke in den Schnäbeln, die sie Manolito übergaben. Seit der Sturm ihm das Hemd zerrissen hatte, sah Manolito ziemlich zerlumpt aus. Er wunderte sich zwar über diese Gabe, erkannte aber sofort, dass sie von den Elfen stammen musste. Dankbar schlüpfte er sogleich in das neue Gewand und der Flug ging weiter.

Weit standen die Baumriesen auseinander. Mächtig und stark traten die Wurzeln aus der Erde. Sie formten grandiose Gebilde, die Gesichtern und Körpern glichen, bis endlich der Stamm in eine ruhige Form floss und sich nach oben mit mächtigen Armen dem Himmel entgegenstreckte. Klara und Manolito flogen dicht über dem Boden zwischen den Baumgiganten hindurch. Jeder der Riesen hatte eine andere Form, die Stämme schimmerten wie Seide. Manolito und Klara fühlten sich seltsam neu und lebendig, irgendwie körperlos. Weit hinten, in diffuser Dämmerung, leuchteten Pilze, groß wie die

Gebäude einer Stadt. Was sie sahen, war unvorstellbar für jeden, der es nicht mit eigenen Augen gesehen hat. Klara und Manolito waren erfüllt von Verwunderung und Staunen, aber auch von einer nie gekannten Glückseligkeit. Kein Fremder hatte je zuvor das Land der Elfen betreten, sie waren die Ersten! Sie waren in eine andere Zeit, in eine andere Welt eingelassen worden.

Kein Geräusch war zu hören, es herrschte unfassbare Stille. Doch langsam, kaum merklich, drangen zarte Klänge durch den Wald. Die Musik vereinte sich mit dem sanften Rauschen der Bäume zu einer wunderlichen Harmonie himmlischer Klänge. Die Musik wurde begleitet von den Liedern der Vögel.

Immer tiefer drangen Klara und Manolito in den Wald vor. Schließlich teilte sich der Hain in eine mächtige Allee, die zu keinem Ziel zu führen schien. Es war, als blickte man in die Unendlichkeit. Manolito und Klara folgten dem Weg. Das Fliegen ging wie von selbst, ohne Anstrengung, sie schwebten einfach dahin. Klaras strapazierte Flügel begannen bereits, sich zu erholen.

Die gewaltigen Eindrücke nahmen kein Ende. An eine solche Bilderflut konnte man sich nicht gewöhnen. Alles war wundersam und anders. Tausend Fragen schossen ihnen durch den Kopf: Woher kam diese Welt, diese Vielfalt, diese Schönheit und Harmonie? Welcher Meister hatte dies erschaffen?

Dann tauchten links und rechts der Allee schwebende Gestalten auf – zart, leicht durchscheinend, blau schimmernd. Es schien, als seien sie losgelöst von der Erde. Ihre Flügel glichen denen von Libellen, sie funkelten silbern im spärlichen Licht. Stumm säumten sie die Allee und winkten Manolito und Klara zu, als seien sie zu deren Empfang herbeigeeilt. Weit in der Ferne konnte man im Nebel ein helles Gebilde erblicken. Mit Manolito auf dem Rücken wurde Klara immer weiter gezogen und ließ es geschehen. Aus dem Dunst schälte sich ein wunderliches Gebäude, majestätisch ragte das Elfenschloss auf einer endlos scheinenden Lichtung in den Himmel. Es hatte Balkone und Terrassen, Zinnen und Türme, die im Blau des Himmels verschwanden. Die Mauern waren so zart und durchscheinend, als könne es sich im nächsten Augenblick auflösen und in einer anderen Gestalt wiederkehren.

Klara und Manolito vergaßen, was gewesen war und welchen Gefahren sie entronnen waren. Sie wussten nicht, ob sie träumten oder wach waren. Sie fühlten ihre Körper nicht mehr. Stumm blickten sie hinauf und schwebten über weite Treppen durch das geöffnete Tor in das Innere einer Halle. Sie waren im Tempel der Elfen angekommen und flogen auf ein filigranes Wesen zu.

»Sei uns willkommen, Manolito«, vernahmen sie nun eine klare Stimme. »Wir freuen uns sehr über euren Besuch. Du musst wissen, dass du einer von uns bist. Du gehörst zu den wenigen Elfen, deren Aufgabe es war, den Menschen zu helfen. Doch sie haben dich für schlimme Experimente missbraucht! Deshalb hast du aufgehört zu wachsen. Deiner Seele aber konnten sie nichts anhaben. Wir sind glücklich, dass Klara dich zu uns zurückgebracht hat. Ohne sie wäre das nicht gelungen. Deshalb soll auch sie unser Gast sein. Heute Abend wollen wir feiern. Aber solange es noch Tag ist, möchten wir euch unsere Werkstätten zeigen.«

Eine anmutige Elfe wandte sich Klara und Manolito zu. Sie wurde von einem seidenweißen Pferd begleitet. Manolito blickte dem zauberhaften Wesen in die leuchtenden Augen und erschrak vor sich selbst. Er fühlte sein Herz bis zum Hals schlagen, ein Feuer entflammte in seiner Brust. Manolito spürte, dies war eine besondere Begegnung. Ein herrlicher Ring funkelte an ihrer Hand, doch ihre innere Schönheit und Anmut ließen alles um sie herum verblassen. Noch nie hatte Manolito ein solches Gefühl erlebt. Es verwirrte ihn ebenso sehr, wie er es genoss.

»Man nennt mich Livia und das hier ist Flavio«, sagte die Elfe mit weicher Stimme »Folgt mir.« Die Schritte des Pferdes waren unhörbar, Flavios gewellte Mähne wogte bis zum Boden. Noch nie hatten Klara und Manolito ein solches Tier gesehen, so feingliedrig, edel und schön. Sanft schmiegte es sich an Livia. Man sah gleich, dass die beiden zusammen gehörten.

»Dies sind unsere Werkstätten, es wird noch gearbeitet«.

Sie schwebten durch lange Gänge und Säle, an kostbaren Kunstwerken und seltenen Kultgebilden vorbei. Sie sahen den Künstlern dabei zu, wie sie an Skulpturen feilten und modellierten. Soeben wurde eine unermesslich große Schale vollendet. Das Tageslicht durchflutete ein Rosenquarzgefäß von unbeschreiblicher Schönheit. In diesen Brunnen und Schalen bewahrten die Elfen das Wasser und schenkten ihm seine heilende Wirkung. Anschließend wurde es in Quellen geleitet. Auf langen, unterirdischen Wegen strömte das Wasser dann nach Aronia und ins Menschenreich. Dort heilte es, wenn es aus der Erde hervorgebrochen war, leidende Tiere und Menschen.

In einer anderen Manufaktur wurden die schönsten Stoffe gewirkt, gewebt und mit wundersamen Mineralien bestickt. Am Ende des Arbeitsprozesses leuchteten die Tücher und Stoffe in allen Regenbogenfarben, durchscheinend wie Libellenflügel. In die Gewebe wurden heilsame Fasern und Gedanken geflochten. Die Gewänder heilten und wärmten. Wie eine Rüstung schützten sie jeden Körper, der sie trug.

In einer Werkstatt wurden Gondeln und auch größere Schiffe aus Silber und Gold gefertigt. Sie waren mit Baldachinen, Quasten und kleinen Glocken ausgestattet. Nicht einmal die größte Woge konnte diese Schiffe umwerfen, auch nicht in der wildesten See. Delfine zogen die Barken, sie fanden immer ihr Ziel.

Klara und Manolito kamen aus dem Staunen nicht mehr heraus. Sie erkannten, welche unglaublichen Kostbarkeiten unser Planet im Geheimen bewahrte.

Als die Sonne untergegangen war, begann das Fest. Zarte Gestalten in großer Zahl kamen aus allen Richtungen in den hohen Saal, die vielen Flügelpaare surrten und glitzerten. Feingliedrige Körper waren in kostbar glänzende Gewebe gehüllt. Die Gewänder schimmerten seidig und hell in schillernden Farben. Es war ein unbeschreiblicher Anblick. Die Elfengesellschaft begab sich in einen weiten Saal. Die Wände glitzerten, scheinbar aus Amethysten gefertigt, in hellstem Violett, gegliedert durch Pilaster aus Bergkristall. Alles wirkte, als wolle es sich auflösen oder sei gerade dabei, sich zu materialisieren.

Klara und Manolito wurden gebeten, sich über die Köpfe der Gesellschaft in die Luft zu erheben, damit alle Elfen die Ehrengäste sehen könnten, wie klein sie auch waren. Bei ihrem Anblick erklang ein Jubelchor.

Aus einem anderen Saal gesellten sich Zimbeln und Schalmeien zu den klaren, reinen Stimmen. Es war ein wunderliches, ganz fremdartiges Musizieren. Große Saiteninstrumente, in menschlichen Breiten gänzlich unbekannt, wurden herbeigeschafft. Schließlich kamen noch Posaunen und Trompeten hinzu. Golden glänzten sie in einem unbeschreiblichen Jubelkonzert zu Manolitos und Klaras Ehren. Wäre der Palast aus Eis gebaut worden, die Musik der Elfen hätte ihn zum Schmelzen gebracht.

Manolito und Klara hätten nicht sagen können, wie lange das Konzert dauerte – waren es Stunden oder Tage? Zeit spielte hier keine Rolle. Wer unsterblich ist, braucht keine Zeit. Während die Musik noch spielte, erhoben sich unzählige kleine Lichter in die Luft. Dazu gesellte sich goldener Sternenstaub. Alles funkelte in sanftem Licht. Bald formierte sich der Goldstaub zu einem gigantischen Spiralnebel. Er bewegte sich zur Musik in ungeahnter Anmut. Langsam zog er seine Kreise, wurde größer und weiter, durchdrang die Wände, umhüllte alles und breitete sich über den Wald aus, weit hinaus selbst über die Grenzen Aronias. Ein wohliger Schauer lief Manolito und Klara über die Körper.

Schließlich fand das traumhafte Fest sein Ende. Die Schlafgemächer befanden sich in den oberen Bereichen des Palastes. Zwischen den Türen der Gäste wachten Flavio und Livia über deren Ruhe. Durch ihre geöffneten Rundbogenfenster blickten Klara und

Manolito hinauf zum Firmament. Noch immer schwebte der goldene Spiralnebel dort oben. Er begleitete sie hinüber in einen tiefen, erholsamen Schlaf.

Manolito hatte in dieser Nacht einen besonders lebhaften Traum. Er saß in seinem Bett auf weichen Kissen und blickte durch das Fenster in den Nachthimmel, wie er es vor dem Schlafengehen getan hatte. In der Dunkelheit des Sternenzeltes erstrahlte das Gefieder eines Vogels. Mit weiten Schwingen flog er auf Manolito zu. Seine Gestalt glänzte vom Sternenstaub des Spiralnebels. Es war der Vogel Phönix, er war aus einer anderen Welt gekommen und ließ sich nun auf Manolitos Bett nieder. In seinem Schnabel hatte er einen kleinen, funkelnden Kristall an einer goldenen Kette. Der Phönix sprach: »Hier ist ein Geschenk für dich. Gib gut darauf acht. Du wirst es in deinem weiteren Leben noch brauchen.« Er überreichte Manolito den Kristall und fuhr dann fort: »Wir werden uns wiedersehen, wenn ein Teil deiner Aufgabe erfüllt ist.« Dann erhob sich der Vogel und kehrte zurück in die Dunkelheit. Plötzlich fing er Feuer, sein Gefieder brannte, lodernde Flammen erhellten die Nacht.

Manolito erwachte. Auf seinem Bett lagen, umgeben von Sternenstaub, ein paar Federn.

12. Kapitel

Reiseerlebnisse

Nachdem Klara und Manolito sich früh am nächsten Morgen gestärkt hatten, nahmen die beiden Abschied vom Elfenland und seinen Bewohnern. Besonders schwer fiel es Manolito, Livia Lebewohl zu sagen, aber davon ließ er sich Klara gegenüber nichts anmerken. Allen war klar, dass die Konferenz der Vereinigten Arten Aronias in der Regierungsburg von Saturia von größter Bedeutung war. Manolito und Klara wussten, dass sie keine Zeit zu verlieren hatten. Auch wenn sich im Elfenland die Uhrzeiger nicht bewegten, Aronia lief die Zeit davon.

Mit Wehmut und der Hoffnung auf eine baldige Rückkehr im Herzen flogen Klara und Manolito zwischen den mächtigen Baumkronen des Elfenwaldes in weitem Bogen dem Sonnenaufgang entgegen. Nach drei Stunden erreichten sie die Ausläufer des Morpheusgebirges. Hier wollte sich Klara eine Ruhepause gönnen. Sie war mit ihren Gedanken immer noch im Elfenwald. Auch bei Manolito waren die Eindrücke des vergangenen Abends und der Nacht so lebendig, dass es ihm schien, als sei er noch gar nicht erwacht. In einer geschützten Felsnische, die bereits von der Sonne erwärmt war, fanden die beiden einen geeigneten Ruheplatz.

»Sag einmal, Klara, woher nimmst du eigentlich die enorme Kraft, eine so weite Reise zu unternehmen, und auch noch mit mir auf dem Rücken – ich bin zwar sehr klein, habe ja aber auch ein wenig Gewicht?«, wollte Manolito wissen.

»Das ist ganz einfach«, antwortete Klara. »Die Kraft kommt aus dem Ziel. Am wichtigsten ist das Ziel. Folgst du deiner Bestimmung, geht das meiste wie von selbst. Du darfst das Ziel auf dem Weg nur niemals aus den Augen verlieren.«

Manolito fragte weiter: »Hast du, vom Erreichen dieses Ziels einmal abgesehen, noch andere Wünsche?«

»Ja, ich habe einen großen Traum. Ich wünschte, wir könnten in den Zustand zurückkehren, der uns allen im Schöpfungsplan bestimmt war. Ich wünsche mir, dass sich die Wasserwand samt allen anderen Grenzen auflöst. Ich wollte, die Menschen fänden zu ihrer Bestimmung zurück und gingen achtsam mit der Natur um, würden die Geschöpfe und alles, was lebt, bewahren und lieben. Die Erde wird auch dann kein Paradies sein. Solange der Planet um sich selbst und um die Sonne kreist, wird es Tag und Nacht geben. Jedes Ereignis, jedes Lebewesen wird eine dunkle und eine helle Seite haben. Aber im Kern eines jeden Lebewesens sollte der Respekt vor dem Geheimnis des Lebens stehen. Wenn es so weit ist, werden auch die Elfen ihre Isolation aufgeben und zu uns zurückkehren, zum Wohle aller. Das ist meine Vision. Dass sie Wirklichkeit wird, werde ich nicht mehr erleben. Aber du bist jung, das Leben liegt noch vor dir, vielleicht ist es dir vergönnt, mit Gleichgesinnten an einer besseren Welt für uns alle zu arbeiten. Wer sollte dafür kämpfen, wenn nicht die Bewohner des Planeten selbst?«

Manolito seufzte: »Bis deine Vision Wirklichkeit wird, liegt wohl noch ein weiter Weg vor uns.«

»Lass uns aufbrechen, wir müssen weiter«, erwiderte Klara. Flink und geschickt setzte sich Manolito auf den Rücken der Königin, wie er es nun schon so oft getan hatte. Da erklang über ihren Köpfen plötzlich ein Krächzen. Hektisch kam ein schwarzer Vogel angeflattert.

»Je weiter ihr nach Osten fliegt, desto weiter wird auch meine Route als Postbote. Ich bin fix und fertig!« Schnaubend ließ sich Kasimir auf einem Felsvorsprung nieder.

»Ihr Engerlinge und Raupen, versteckt euch!«, rief Manolito zur Warnung aus. »Wir haben Besuch bekommen! Vor Kasimir seid ihr nicht sicher, Kasimir hat einen unbändigen Appetit auf alles Kleingetier.«

»Ach was, willst immer der Gutmensch sein, der Behüter und Bewahrer«, gab Kasimir mürrisch zurück. »Dabei hockst du bequem auf deinem königlichen Sessel und lässt dich durch die Welt chauffieren.«

»Lass uns nicht streiten«, lenkte Manolito ein. »Gib mir lieber meinen Brief, er wird vermutlich von Knuth sein. Ich danke dir, dass du für uns diesen langen Weg geflogen bist.«

Er öffnete das kleine Kuvert und zog den Brief hervor. Mit ihm kamen ein leeres kleines Blatt Papier und ein winziges gespitztes Stück Kohle zum Vorschein. Manolito verstand sofort, dass Knuth an die Rückantwort gedacht hatte. Schließlich waren Seerosenblätter und Tintlinge nicht immer und überall zur Hand.

Gespannt las Manolito Knuths Brief:

Mein lieber Manolito,

die Zeit vergeht wie im Fluge. Es ist so lange her, dass wir uns gesehen haben, aber die Bilder von der Brandnacht schwirren mir noch immer durch den Kopf.
Was Du schreibst, klingt etwas geheimnisvoll. Natürlich bin ich entsetzlich neugierig, wer diese feine Person ist, mit der Du durch die Welt reist. Und selbstverständlich wüsste ich gerne, wie sie heißt. Es wäre schön, wenn Du mir deine Erlebnisse und Eindrücke etwas ausführlicher schildern könntest!
Mittlerweile habe ich mich auf das Schreiben verlegt. Ich werde nicht weiter nach einer Anstellung suchen, sondern versuchen, von meinen Geschichten zu leben.
Dann noch etwas: Ich bin in zu dem Entschluss gekommen, dass ich mich nicht mehr an dem Krieg, den die Menschen gegen unsere Natur führen, beteiligen werde. Die Natur hat wenige Helfer, nun ist es wenigstens einer mehr. Immer mehr Vögel in diesem Land verlassen ihre Brutgebiete, die wild lebenden Säugetiere werden weniger. Es heißt, sie flöhen vor den Menschen in Richtung Osten. Nutztiere, die wir für unsere Nahrung benötigen, werden zu Millionen in enge Stallungen gepfercht. Und es werden immer mehr. Die Bevölkerung ernährt sich hauptsächlich von Fleisch, wie Raubtiere es eben so tun. Es muss etwas geschehen.
Herrn Megelein treffe ich immer noch gelegentlich an der Tankstelle. Er wirkt engstirnig und stumpf. Die Hoffnung, Dich eines Tages zu finden, um die hundertfünfzigtausend Euronen Kopfgeld zu kassieren, hat er immer noch nicht aufgegeben.
Herr Megelein ist jetzt übrigens bei den Panzerpionieren und regelt den Verkehr, wenn sie ihre Übungen machen. Darauf ist er sehr stolz.
Schreib mir doch bitte bald, wie es Dir geht und wo Du gerade bist.

Ich denke an Dich, du fehlst mir.
Sei behütet,
Dein Knuth

»Ich muss ihm unbedingt gleich antworten, solange Kasimir noch hier ist«, rief Manolito. »Was soll ich ihm denn bloß schreiben? Stell dir mal vor, Klara, ich würde ihm von den Ereignissen im Elfenwald erzählen. Knuth würde mich bei unserer nächsten Begegnung bestimmt in die Klapsmühle stecken ...«

Er griff zu dem leeren Zettel und der gespitzten Kohle. »Also, dann mal los!«

Lieber Knuth,

vielen Dank für Deine Nachricht. Was Du mir von Deinen Entscheidungen berichtet hast, freut mich sehr.
Hoffentlich gerät Herrn Megelein, wenn er auf der Kreuzung steht und den Panzerverkehr regelt, nicht versehentlich einmal unter eine Kette.
Für mich bleibt dieser Mensch ein Monster. Ich darf gar nicht daran denken, was er mir alles angetan hat. Manchmal habe ich noch Albträume davon. Trotzdem wünsche ich ihm nicht Böses.
Meine Freundin heißt Klara. Wir verstehen uns blendend. Neulich sind wir in dichten Nebel geraten und hatten mit ziemlichen Problemen zu kämpfen. Unser Flieger ist nämlich nur auf Sichtflug ausgelegt. Aber Klara hat die Situation hervorragend gemeistert. Ein anderes Mal sind wir in heftige Turbulenzen geraten. Das war so, als führen wir über extrem holprige Straßen. Ein bisschen mulmig wurde uns schon, aber zum Glück ist alles gut gegangen.
Unterwegs haben wir schon viele wilde Tiere gesehen und auch sonst schöne Eindrücke gesammelt. Du hast doch einmal gesagt, die Erinnerungen sind der Nachsommer menschlicher Freuden. Ich sammle viele davon auf meiner Reise.
Ich weiß noch nicht, wann sie zu Ende sein wird, aber danach besuche ich Dich.
Ich wünsche Dir viel Erfolg mit Deinen Geschichten und bei Deinem Kampf für unsere Natur – ohne sie können wir nicht überleben.

Viele liebe Grüße

Dein Manolito

Kasimir wartete schon ungeduldig auf den Brief an Knuth. Er wollte nicht so spät starten, um noch ein Stück des Weges bei Tageslicht zu schaffen. Und auch Manolito und Klara hatten keine Zeit zu verlieren. Für sie ging es weiter nach Osten.

Die Sonne stand hoch, es war ein heißer Tag. Die ausgedörrte Senke von Katarra lag vor ihnen, einer Wüste ähnlich. Es schien, als habe es eine längere Trockenzeit gegeben.

Klara bemerkte: »Sieh nach unten, Manolito, direkt unter uns zieht eine Mammutherde mit ihren Kindern. Die Herde scheint vor irgendwelchen Bienenvölkern auf der Flucht zu sein. Die riesigen Tiere fürchten sich vor wehrhaften Insekten mit giftigen Stacheln. Die Bienen treiben ihren Spaß mit den Mammuts. Schau, wie schnell die mächtigen Dickhäuter laufen können. Das Trampeln ihrer gewaltigen Hufe ist bis zu uns herauf zu hören.«

Klara verringerte ihre Flughöhe und flog neben der Herde her, damit Manolito alles genau betrachten konnte. Die Erde bebte, das Donnern der Hufe vermischte sich mit den Trompetenlauten der Bullen. Der Staub wirbelte unter ihren Hufen zu großen Wolken auf und vernebelte den Blick. Die männlichen Tiere waren mit gigantischen Stoßzähnen bewaffnet. Die langen Rüssel schlenkerten hin und her. Das verfilzte Haar hing ihnen tief in die kleinen Augen und wehte im Sommerwind. Urtiere waren es, wild, dämonisch, wie aus einer anderen Welt. Manolito war schwer beeindruckt. Noch nie hatte er so große Tiere gesehen.

Die Hochalmen des Skypiusgebirges lagen bereits hinter ihnen, als Manolito und Klara vor sich in einer langen Talsenke seltsame Gestalten entdeckten. Unter ihnen galoppierte und donnerte es. Staubwolken verhüllten eine fliehende Herde. Wieder verließ Klara, neugierig geworden, ihre Reiseflughöhe. Nun bot sich Manolito und Klara ein unvorstellbarer Anblick: Zentauren galoppierten durch das Tal, kraftvoll und stark. Auf ihren Pferdekörpern saßen anstelle der Pferdeköpfe die Oberkörper wehrhafter Männer mit Bärten.

Erst jetzt bemerkten Manolito und Klara, dass weit vor ihnen eine weitere Staubwolke davonrollte. Es schien, dass die Zentauren einer fliehenden Gruppe auf den Fersen waren. Klara und Manolito verfolgten das Schauspiel und erkannten bald Faune und Satyrn. Diese liefen auf Hufen, ihre Hinterbeine glichen denen von Ziegen. Auf dem Kopf trugen sie Hörner, auch hatten sie Ziegenbärte. Diese Geschöpfe, halb Mensch, halb Tier, spielten in den Mythen der alten Griechen eine wichtige Rolle. Jetzt sahen Klara und Manolito sie leibhaftig vor sich. Sie existierten tatsächlich! Einst waren diese Faune das Bindeglied zwischen den Menschen und der wilden Natur gewesen. Dann hatte die christliche

Religion dem Teufel ihre Gestalt verliehen, woraufhin sie sich aus dem Gesichtsfeld des Menschen zurückgezogen hatten. Im Laufe der Jahrtausende hatte der Mensch nach und nach alle mythischen Gestalten aus seinem Dunstkreis vertrieben. Wie die Elfen hatten sich auch die anderen »übernatürlichen« Wesen aus der Menschenwelt zurückgezogen. Die Menschen hatten die Verbindung zu ihren Mythen verloren. Manolito und Klara jedoch hatten sie wiederentdeckt.

Pfeilgeschwind rasten die einen mythischen Wesen nun den anderen, den Zentauren, davon. Diese hatten keine Chance, die Faune einzuholen. Die beiden Reisenden sahen, wie die zwei Staubwolken immer weiter auseinanderdrifteten, bis sich das Bild in der Ferne verlor.

Der Fluss Eumides querte ihre Flugbahn. Sogleich begann die Landschaft zu grünen und fruchtbar zu werden. In einer weiten Kurve nahmen Klara und Manolito den Weg in Richtung Lapiscarna, bis endlich die Aphrosydos-Wasserfälle unter ihnen auftauchten. Gewaltige Wassermassen stürzten in mächtige Tiefen. In Wolken stäubte die Gischt bis zu Manolito und Klara empor, aber in der sengenden Sonne war ihnen diese Abkühlung sehr angenehm.

Trotzdem war Manolito von den Wassermassen auch sehr beeindruckt. Er hatte jetzt zwar schon einiges an Flugerfahrung, trotzdem hielt er sich an Klara noch ein bisschen besser fest. Würde er hinunterfallen, da war er sich ganz sicher, würde ihm keiner mehr zur Hilfe eilen können.

Schon bald hatten sie jedoch die Aphrosydos-Wasserfälle hinter sich gelassen und Manolito atmete hörbar auf.

13. Kapitel

Eine Zwangspause

In einer großen Höhle in einer Bergwand ruhten Manolito und Klara sich schließlich aus. Die Öffnung gab den Blick frei auf eine ungewöhnliche Landschaft. Weithin erstreckte sich ein sandiges Becken bis zum Horizont. Man nannte die Ebene Lapiscarna. Ein Fluss, an dessen Ufern es grünte und sogar einige Wildblumen auszumachen waren, durchzog die ansonsten karge Senke.

Klara schlief ein wenig, während Manolito die an der Decke hängenden Fledermäuse betrachtete: »Vielleicht ist auch Philomena darunter«, dachte er. »Was für ein Glück, dass sie damals in der Schlucht zur Stelle war!« Seine Gedanken kreisten um dieses erschreckende Erlebnis. »Jetzt hier zu liegen mit Klara an meiner Seite, ganz sicher und außer Gefahr, und sich ein bisschen zu erholen – so hab ich es gern.«

Wieder wanderte Manolitos Blick zu den Fledermäusen hinauf. Sie hingen mit dem Kopf nach unten und schliefen, um in der Nacht aktiv zu sein. Eine hatte ein Auge geöffnet und sah ihn an. Sofort erkannte Manolito Philomena.

»Philomena, was machst du denn hier?«, flüsterte Manolito freudig. »Ich dachte, du wärst noch in der Schlucht der verlorenen Seelen.«

Etwas verschlafen antwortete Philomena: »Nein, die Regierung der Vereinigten Arten von Aronia hat mich angewiesen, nach Nordosten zu fliegen, an die Küste der Dämonen. Das ist der einzige Ort, an dem man mit dem Wind reden kann. Die Vereinigten Arten von Aronia möchten auch den Meister des Windes um seine Teilnahme an der Konferenz im Zentrum Aronias bitten. Es ist meine Aufgabe, ihn dazu zu überreden.«

»Du sollst mit ihm reden und ihn überzeugen, an der großen Konferenz teilzunehmen?«, fragte Manolito ungläubig. »Wenn das nur gutgeht, da wünsch ich dir viel Glück!«

Als Klara erwachte, berichtete Manolito sogleich, was ihm Philomena erzählt hatte.

»Mein Gott«, sagte sie, »mit dem Wind soll Philomena reden? Das hat noch niemand gewagt, wie soll das gehen? Und dann auch noch der weite, beschwerliche Weg an die Küste der Dämonen, ich darf gar nicht daran denken!«

Klara machte sich große Sorgen um Philomena und wollte mit der Freundin sprechen, doch die war verschwunden. Sie hatte sich bereits auf den Weg an die Küste der Dämonen gemacht.

Klara und Manolito versuchten, sich zu beruhigen.

»Es ist gut zu akzeptieren, was nicht mehr zu ändern ist. Trotzdem mache ich mir große Sorgen um unsere Fledermausfreundin«, sagte Klara.

Nach einer Weile des Schweigens fragte Klara, um das Thema zu wechseln: »Manolito, wie steht es denn mit deinen Träumen? Wenn du einen Wunsch frei hättest, was würdest du wählen?«

»Weißt du noch?«, fragte Manolito nachdenklich. »Als ich dich damals aus dem Spinnennetz befreit hatte, sagtest du, ich hätte einen Wunsch frei. Und ich habe mich darüber beschwert, dass du mir nur einen Wunsch erfüllen wolltest, statt der drei, die einem Feen gewähren.«

Klara nickte: »Ja, daran kann ich mich erinnern.«

»Heute würde ich mir von der Fee wünschen, frei von Wünschen zu sein.«

»Ach, wie langweilig«, antwortete Klara.

Aber Manolito entgegnete: »Freiheit bedeutet für mich, glücklich zu sein, ohne ständig der Erfüllung von Wünschen nachjagen zu müssen.«

»Man spürt doch, dass eine Elfenseele und ein melancholisches Gemüt in dir schlummern«, seufzte Klara.

Manolito dachte an das Elfenreich. »Damals, als wir die Elfen verlassen mussten, ist mir der Abschied sehr schwer gefallen. Gerne wäre ich bei ihnen geblieben, aber ich konnte dich nicht allein ziehen lassen. Wissend, dass du allein dort draußen bist, hätte ich im Elfenreich nicht glücklich sein können. Deshalb bereue ich nicht, mit dir gegangen zu sein. Es ist unsere gemeinsame Aufgabe, wohlbehalten im Zentrum von Aronia anzukommen.«

»Es ist gut, nicht allein zu sein«, bekräftigte Klara. »Eine gute Freundschaft, auf die man sich verlassen kann, gehört zu den kostbarsten Gütern im Leben.«

Langsam zogen am Himmel Wolken auf und formten immer größere Gebirge. Manolito dachte an das Erlebnis mit den Kumuluswolken. Er war froh, diesmal in einer Höhle geborgen zu sein. Von allen Seiten zog das Gewölk über die Ebene und verhüllte die Sonne. Der Tag verfinsterte sich. Dunkel lag die Landschaft unter Manolito und Klara. Die ersten Tropfen fielen und wurden von der trockenen Erde aufgesogen. Dann begann ein heftiger Regen vom Himmel zu prasseln. Andere Tiere suchten in der Höhle Zuflucht: Schmetterlinge, ein Hirschkäfer, Smaragdeidechsen und Feuersalamander. Auch einige Singvögel kamen hereingeflattert, darunter eine Grasmücke. Als dann noch eine völlig durchnässte Zwergmaus hereinhuschte, wurde es langsam richtig eng.

Bald übertönte das laute Prasseln der Regentropfen alle anderen Geräusche. In Strömen goss es vom Himmel herunter. Vor dem Höhlenausgang fiel das Wasser wie ein Vorhang herunter. In der Höhle war es still. Die Schutzsuchenden fühlten, dass hier etwas Besonderes vor sich ging.

Mit tiefer Stimme sagte schließlich der Feuersalamander: »Von meinen Ahnen weiß ich, dass sich die Ebene von Lapiscarna alle tausend Jahre mit Wasser füllt und in ein Meer verwandelt. Danach beginnt ein neues Zeitalter in Aronia. Es sieht fast so aus, als stehe uns dieses Ereignis bevor.«

»Wenn du recht hast«, entgegnete die Grasmücke nachdenklich, »muss ich eine sehr weite Reise antreten.«

»Aber wieso denn bloß?«, riefen die Anwesenden neugierig im Chor.

»Also gut …«, wollte die Grasmücke gerade beginnen, als Manolito ihr ins Wort fiel: »Entschuldige, wenn ich dich unterbreche, aber bist du nicht die Grasmücke Mathilde? Du hast mich einmal, als ich hilflos in einer Astgabel hing, mit deinen aufgespannten Flügeln vor einem fürchterlichen Regen geschützt.«

»Aber ja«, piepste Mathilde, »ich erinnere mich, du bist in einen Laubhaufen geplumpst.«

Der Feuersalamander wurde ungeduldig: »Schön und gut, jetzt würde ich aber trotzdem gern hören, warum die Grasmücke Mathilde eine weite Reise machen soll.«

Da begann Mathilde zu erzählen: »Vor undenklichen Zeiten, als die Unsterblichen auf der Erde lebten, gab es keine Sekunden, Minuten, Stunden, Tage, Wochen, Monate und Jahre. Niemand brauchte eine solche Einteilung. Doch nach und nach bevölkerte

sich die Erde mit sterblichen Wesen. Diese benötigten die Zeit, um ihr Leben einzuteilen.

›Wie lange ist denn eine Sekunde in der Ewigkeit?‹, wollte eines Tages ein sterbliches Wesen wissen. Ein Unsterblicher, den Elfen zugehörig, erklärte: ›Am anderen Ende der Welt befindet sich ein Kristall. Er ist so groß wie der höchste Berg Aldin Palkap. Wenn tausend Jahre eurer Zeitrechnung vergangen sind, fliegt ein kleiner Vogel aus der Gattung der Grasmücken ans andere Ende dieser Welt. Dort ruht sich das Vöglein aus, sucht Nahrung und wetzt sich an dem Kristallberg sein stumpf gewordenes Schnäbelchen. Danach kehrt die Grasmücke in ihre Heimat zurück. Tausend Jahre später fliegt wieder eine Grasmücke zu dem großen Kristall und wetzt ihren Schnabel. So geschieht es alle tausend Jahre. Jedes Mal erklingt ein mächtiger Glockenschlag, er schwingt um den gesamten Erdkreis und ist überall zu hören. Wenn sich der Kristall eines Tages vom Wetzen der Schnäbel aufgelöst hat, Läuten alle Glocken auf dem gesamten Planeten. Dann wissen alle Sterblichen, dass eine Sekunde der Ewigkeit vergangen ist.‹ Wenn sich die Senke mit Wasser füllt«, fuhr Mathilde fort, »ist das für mich das Zeichen, auf die andere Seite der Erde zu fliegen und meine Pflicht zu erfüllen.«

Der Feuersalamander schüttelte den Kopf: »So etwas habe ich ja noch nie gehört! Wer lässt sich denn so etwas Verrücktes einfallen?«

»Mein Lieber«, erwiderte darauf Klara, die weise Königin, »es gibt zwischen Himmel und Erde viele Dinge, die wir nur schwer oder gar nicht begreifen können, und doch gehören sie zu unserem Leben. Die Grenzen zwischen Wirklichkeit und Illusion sind fließend. Manchmal sind sie für uns Sterbliche kaum wahrnehmbar. Das ist wie mit dem Mond:

Seht ihr den Mond dort stehen? –
Er ist nur halb zu sehen,
und ist doch rund und schön.
So sind wohl manche Sachen,
die wir getrost belachen,
weil unsere Augen sie nicht sehn.«

Ganz still war es in der Runde, als Klara das Gedicht rezitierte. Draußen goss es weiter in Strömen und von den Berghängen floss das Wasser in Bächen herunter. Selbst in der Höhle wurde es langsam feucht. Inzwischen war die Nacht hereingebrochen und man sah die Hand, die Tatzen und Pfötchen nicht mehr vor Augen. Die Notgemeinschaft in der Höhle legte sich Schlafen. Auch Manolito machte es sich bequem, so gut es eben ging. »Ich habe schon luxuriöser genächtigt als hier auf den harten Steinen«, murmelte er noch, schlief dann aber wie alle anderen im Nu ein.

Der Letzte, der am anderen Morgen aus seinem geräuschvollen Schlaf erwachte, war der Hirschkäfer. »Ich gehe mal nachsehen, was das Wetter macht«, verkündete er. »Mir kann der Regen nichts anhaben, das Wasser perlt von meiner Chitinrüstung ab.«

Trotzdem war er klatschnass, als er wieder in die Höhle kam, und tat der ganzen Gesellschaft herzlich leid. Hilfsbereit drückte sich die Zwergmaus an ihn, um ihn mit ihrem Fell zu trocknen. Das ließ sich der Hirschkäfer gerne gefallen.

»Als Gegenleistung kannst du uns ja eine Geschichte erzählen«, schlug ihm die Zwergmaus vor. »Der Tag ist noch lang, wer weiß, wann sich die dicken Regenwolken verziehen.«

Die Idee kam bei allen gut an, also begann der Hirschkäfer seine abenteuerliche Geschichte zu erzählen, die seine Zuhörer fesselte::

»Die Grasmücke Mathilde und ich kennen uns schon sehr lange. Als wir uns das erste Mal begegneten – das war noch im Reich der Paarfüßler, vor unserer Flucht –, geschah Folgendes: Ich war ans Ufer eines Waldbaches gekrabbelt, um etwas zu trinken. Leider konnte ich mit den Hinterbeinen keinen ausreichenden Halt im Gras finden, um mich über das Wasser zu beugen. Es war ein heißer Tag, mein Durst war groß. Schließlich dachte ich, es würde schon gehen, die feinen Graswurzeln an meinen Hinterbeinen würden mich schon aushalten. Doch es kam anders. Das mächtige Geweih, um das mich so viele Käfer beneiden, war zu schwer und zog mich hinab. So stürzte ich in den Bach und kämpfte um mein Leben. Niemals war ich dem Tode näher. Ich zappelte und versuchte, über Wasser zu bleiben. Doch all meine verzweifelten Schwimmversuche blieben vergeblich, so sehr ich auch mit meinen dünnen Beinen strampelte, ich sank. Schließlich war ich mit meinen Kräften am Ende. Ich wollte schon aufgeben, als plötzlich ein Ahornblatt neben mir ins Wasser fiel. Wie ein Floß trieb es dahin. Mit letzter Kraft kämpfte ich mich hinauf und war gerettet. Als ich völlig erschöpft auf dem Blatt lag, entdeckte ich über mir im Geäst des Ahorns eine süße, kleine Grasmücke.

›Wie schön, es hat funktioniert‹, rief sie mir zu. ›Ich war es, die dir das Blatt heruntergeworfen hat, damit du am Leben bleibst. Es wäre doch zu schade um einen so prächtigen Hirschkäfer gewesen.‹

Ermattet steuerte ich mein Floß ans Ufer. Als ich wieder festen Boden unter mir hatte, kam die Grasmücke heruntergeflogen und stellte sich mir vor. Sie heiße Mathilde, sagte sie. Wir tauschten unsere Erfahrungen darüber aus, dass der Wald zwar schön sei, aber auch erhebliche Gefahren in sich berge und man achtsam sein müsse.

Am nächsten Tag trafen wir uns wieder, am selben Ort. Fast unsichtbar saß ich auf der Erde zwischen den Gräsern am Ufer. Mathilde zwitscherte vergnügt in den Zweigen des Ahorns. Ich lauschte ihrer herrlichen Stimme, auch wenn sie das Lied nicht ganz beherrschte. Ihre Gestalt war so anmutig, dass schon ihr Anblick ein Vergnügen war. Plötzlich knisterte es am Ufer im Geäst. Ein junger Paarfüßler trampelte am Wasser entlang, er war auf der Jagd. Mathildes Gesang erregte sofort die Aufmerksamkeit des Unholds. Er legte sein Gewehr an, konzentrierte sich und zielte auf Mathilde. Zum Glück hatte der Übeltäter mich nicht gesehen. Schon war ich dabei, seinen Fuß zu erklimmen. Unmittelbar über seinem Lederschuh zwickte ich ihn in den Knöchel. Er heulte laut auf und sprang von einem Bein auf das andere, bis er das Gleichgewicht verlor und ins Wasser plumpste. Mathilde konnte fliehen. Der Jäger schleppte sich zurück ans Ufer, sein Gewehr jedoch liegt noch heute auf dem Grund des Baches.«

»Wie gut, dass wir uns gelegentlich doch gegen die Paarfüßler wehren können«, sagte die Zwergmaus und alle in der Höhle nickten zustimmend.

Draußen regnete es noch immer, fast noch stärker und schrecklicher als am Abend zuvor. Der Sturm peitschte den Regen mit lautem Getöse fast waagerecht ins Tal. Für Manolito und Klara gab es keine andere Möglichkeit, als geduldig in der Höhle zu warten, bis der Himmel ein Einsehen haben würde.

14. Kapitel

Der Flug über das Meer

Es dauerte noch etliche Tage, bis der Regensturm sich langsam legte. Manolito, Klara und die anderen Schutzsuchenden blickten hinunter ins Tal in die weite Landschaft – und staunten nicht schlecht. Vor ihnen breitete sich ein großes Meer aus. Das Wasser reichte bis zum Horizont.

Klara sagte: »Wir müssen über das Wasser hinweg nach Osten.«

»Das ist auch mein Weg, auf die andere Seite der Erde zum Berg Aldin Palkap«, bemerkte Mathilde, die Grasmücke. »Am besten wird sein, wir überfliegen das Wasser gemeinsam.«

Klara sah Manolito fragend an. Der nickte zögerlich mit dem Kopf. Was würde sie wohl bei dieser Meeresüberquerung erwarten? Doch es gab keinen anderen Weg.

»Wir sind von den Tagen des Wartens ausgeruht, das könnte ein Vorteil sein. Wir werden es wagen«, stellte Klara fest, und Mathilde stimmte ihr zu.

Ohne weiteren Aufschub verabschiedeten sich die drei vom Rest der Notgemeinschaft und setzten ihre Reise fort. Mathilde war eine erfahrene Fliegerin. Vor ihrer Flucht nach Aronia, im Menschenreich, war sie alljährlich den Wintern ausgewichen und mit den großen Vogelschwärmen auf die südliche Erdhalbkugel geflogen. Gemeinsam mit ihren Artgenossen hatte sie so gewaltige Flugstrecken zurückgelegt. Jetzt kamen die Erfahrung und Ausdauer ihr zugute. Sie wusste, dass es eine große Strecke zu überwinden galt. Es war ratsam, sich die Kräfte einzuteilen. Auch Klara hielt sich mit der Geschwindigkeit

zurück. Der Wind blies günstig von hinten, so hatten die drei weniger Luftwiderstand zu überwinden und kamen gut voran.

Unter ihnen lag das weite Meer. Als Manolito zurückblickte, war das Ufer, von dem aus sie gestartet waren, nicht mehr zu sehen. Dieser Flugtag kam ihm länger vor als all die anderen, es gab für die Augen wenig Abwechslung. Es schien fast, als würde die Strecke vor ihnen immer länger. Kein Ende war in Sicht – nur das große, weite Meer in seinem unergründlichen Blau, eintönig und spiegelglatt, in unendlicher Stille.

Die Sonne stand bereits tief über dem Horizont in ihrem Rücken. Sie flogen in die Dunkelheit. Mathilde bildete die Vorhut. Ihr weißer Grasmückenbauch diente Klara als Orientierungshilfe, denn Klaras Augen waren nicht auf Nachtflug eingestellt. Dank des Erdmagnetfelds konnte die Grasmücke Mathilde notfalls auch nachts weiterfliegen. Doch sie wollte in Manolitos und Klaras Nähe bleiben. Es sei sicherer zu dritt, erklärte sie. Dafür war Klara ihr sehr dankbar. Langsam wurde es Zeit, nach einer Bleibe für die Nacht Ausschau zu halten. Ein auf dem Wasser treibender Ast oder ein Stück Holz eigneten sich für eine längere Ruhepause. Sie flogen tief genug, um Treibgut auf dem Wasser erkennen zu können. Doch das Wasser schien endlos, weit und breit war kein Landeplatz in Sicht. Klara wurde langsamer, ihre Kräfte ließen nach. Ein ganzer Flugtag ohne Pause war zu viel für sie.

Es wurde dunkel, und die Chancen, ein Floß zu entdecken, verringerten sich. Sie flogen dicht über den sanft brechenden Wellen, eine nach der anderen in unendlichem Gleichmaß. Der Sonnenuntergang ließ das Wasser dunkel und unergründlich zurück. Klara war ziemlich erschöpft, sie wusste, dass sie nicht mehr lange durchhalten würde.

»Gib nicht auf, Klara«, rief Manolito, »du schaffst das! Zusammen werden wir das Ufer erreichen.«

Besorgt kauerte Manolito auf Klaras Rücken. Sie kämpfte, verlor aber dennoch ständig an Höhe. Der Abstand zur Wasseroberfläche nahm langsam, aber stetig ab. Klara und Manolito konnten bereits die Gischt der sich brechenden Wellen unter ihnen zischen hören. Manolito wandte seinen Blick vom dunklen Wasser ab, es war ihm unheimlich. Er sah hinauf in den Himmel. Schon war der Mond aufgegangen, der Abendstern funkelte in der Dunkelheit. Manolito dachte zurück an die schönen, sorglosen Flugstunden, die hinter ihnen lagen. Wie ein Film tauchten die Bilder der Vergangenheit vor seinen Augen auf.

Plötzlich traf es Manolito wie ein Blitz! »Das kann noch nicht das Ende sein!«, schoss es ihm durch den Kopf. »Der Phönix hat mich noch nicht besucht. Er hat es mir damals in der Nacht im Elfenschloss versprochen. Der Kristall um meinen Hals ist der Beweis.« Der

Gedanke verlieh Manolito Kraft und Zuversicht. Laut schrie er: »Klara, wir werden es schaffen! Ich bin mir ganz sicher, dass wir das Ufer erreichen.«

Doch die Lage schien hoffnungslos. Weder Zweig und noch Blatt waren auf dem Wasser zu sehen. Klara nahm alle Kraft zusammen und versuchte, sich in der Luft zu halten, aber ihre Flügelschläge ermatteten. Manolito wurde still. Klara spürte seinen warmen Atem hinter sich. Schon berührte die Gischt ihren Bauch.

Hilflos kreiste Mathilde über ihnen. »Was machen wir denn nur?«, rief sie besorgt.

Manolito schrie: »Wir brauchen Hilfe, sonst sind wir verloren!«

»So weit haben wir es geschafft«, dachte Klara bei sich, »nur um jetzt doch noch vom Wasser besiegt zu werden.« Das nasse Element streckte bereits seine Fänge nach Klara und Manolito aus. Es war eiskalt und todbringend. Verzweifelt versuchten sie, nicht unterzugehen.

In Panik flatterte Mathilde über ihnen und konnte nur dabei zusehen, wie Klara und Manolito versanken. Kurz darauf tauchten die beiden wieder auf, nur um von der nächsten Woge mitgerissen zu werden. Manolito klammerte sich an Klara fest. Die Wellen wirbelte die beiden wie Spielbälle herum, wehrlos waren sie den Launen des Meeres ausgeliefert, bis ihnen die Sinne schwanden. Manolito und Klara verschwanden in der Tiefe.

Ein plötzlicher Stoß rief Klara und Manolito ins Bewusstsein zurück. Eine andere Kraft als die des Elements selbst hatte von ihnen Besitz ergriffen. Etwas drückte sie nach oben. Ein weiterer Stoß, und sie trieben zwischen den Schaumkronen der Wellen und konnten wieder atmen. Von unten schob sich ein Schnabel unter sie, so lang, dass hundert Hummelköniginnen darauf Platz gehabt hätten. Das rettende Floß hob die beiden aus dem Wasser, sie fühlten festen Grund unter sich.

All das ereignete sich so schnell, dass Manolito und Klara gar nicht wussten, wie ihnen geschah. Selbst Mathilde, die stetig aufgeregt über der Stelle kreiste, wo Manolito und Klara versunken waren, konnte kaum glauben, wovon sie Zeuge wurde. Unter ihr tauchte nämlich ganz plötzlich ein Delfin auf. Hell schimmerte seine Haut unter der Wasseroberfläche, sie reflektierte das Mondlicht. Er hielt den Kopf über Wasser, damit Klara und Manolito trocken auf seiner Nase sitzen konnten, außerdem ragte seine Rückenflosse aus den Wellen. Als sich die Grasmücke von der Überraschung erholt hatte, wagte sie es, sich neben Klara und Manolito auf dem »Floß« niederzulassen und sich ebenfalls eine Verschnaufpause zu gönnen.

»Wer hätte das gedacht, so ein Glück!«, rief Mathilde. Klara und Manolito schwiegen. Dem Tod ins Auge zu schauen, hatte ihnen für eine Weile die Sprache verschlagen.

Plötzlich dröhnte eine mächtige, aber helle Stimme aus dem Wasser: »Ich habe euren gesamten Flug begleitet. Bin immer ziemlich dicht unter der Wasseroberfläche geschwommen. Nur als es dunkel wurde, habe ich euch kurz aus den Augen verloren, trotz meines Echolots. Das kommt vor, tut mir leid. Sonst hätte ich euch nicht so lange im Wasser trudeln lassen.«

»Mein Gott, du bist der größte Fisch, den ich je gesehen habe!«, rief Mathilde mit schriller Stimme.

Der Delfin war empört. »Ich bin kein Fisch, ich bin ein Säugetier! Ich habe Lungen und atme wie Manolito. Ihr könnt euch jetzt ausruhen und entspannen. Ich bringe euch ans Ostufer. Dort wolltet ihr doch hin, oder?«

Aus allen drei Kehlen gleichzeitig erklang ein glückliches, unendlich erleichtertes »Jaaaa!«.

Unterwegs begann der Delfin zu erzählen: »Als euer ›Wassertaxi‹ sollte ich mich wohl vorstellen. Die Meeresbewohner nennen mich Odysseus. Weil ich ständig auf Reisen bin. Ich habe keine Heimat. Meine Freunde sagen, dass meine Neugierde mich ständig weitertreibe, dass ich stets auf der Suche nach Neuem sei. Auf Reisen lernt man am meisten, ich liebe es, Unbekanntes zu erfahren und Aufregendes zu erleben. Hätte ich eine Heimat, würde ich es dort wohl nicht lange aushalten. Ihr könnt mich auch Ody nennen. Und über euch braucht ihr mir nichts zu erzählen. Ich weiß schon alles!«

»Und woher, bitte, willst du das wissen?«, unterbrach ihn Mathilde.

»Ich weiß es vom Wasser«, antwortete Ody. »Es hat die gesamte Geschichte der Erde und seiner Bewohner gespeichert. Dem Wasser kann man nichts vormachen. Was man dem Wasser antut, tut man sich selbst an. Bei Luft und Erde ist es dasselbe. Das haben die Paarfüßler nur bis heute nicht begriffen. Ihr müsst unbedingt dafür sorgen, dass Aronia nicht in die Hände der Menschen fällt. Ursprünglich stamme ich aus dem Mittelmeer. Bevor die Menschen kamen, waren die Küsten und das angrenzende Land von großen, alten Wäldern aus Zedern und Pinien bewachsen. Dann machten sich die Paarfüßler breit und holzten alles ab, um aus den Stämmen große Kriegsschiffe zu fertigen. Damit haben sie gegeneinander gekämpft und die Schiffe sind mit Mann und Maus untergegangen. Das ist schon viele Jahrhunderte her. All die mächtigen Wälder liegen tot auf dem Grunde des Meeres. Und bis heute sind auf diesem gerodeten Land keine neuen mehr gewachsen.«

»Auch ich habe schon viele solche Dinge von den Menschen gehört«, bestätigte Mathilde.

Manolito und Klara saßen immer noch stumm auf Odys Schnabel. Nur langsam erholten sie sich von dem Schreck der Todesgefahr und den Strapazen. Der Fahrtwind sorgte dafür, dass Klaras Fell und Manolitos Kleidung langsam trocken wurden.

»Selbst wenn ich volle Fahrt schwimme, werden wir das Ostufer nicht vor morgen früh erreichen«, erklärte Ody.

Trotzdem ging es unglaublich schnell voran. Ody teilte die Flut, ließ links und rechts Schaumkronen hinter sich, als ob die Fahrt durch feine Wolken führte. Unentwegt ruderte seine starke Schwanzflosse. Sie sorgte für den rasanten Antrieb, während die Seitenflossen die Steuerung übernahmen. Unter Wasser konnte er noch viel schneller schwimmen, aber das war mit den Passagieren natürlich nicht möglich.

»Wie ihr seht«, setzte Ody seine Erzählung fort, »brauche und liebe ich das Wasser, es ist mein Element. Ihr braucht die Luft und die Erde, um zu leben und zu fliegen. Für mich bedeuteten diese beiden den Tod. Wir sind in unseren jeweiligen Elementen geborgen und wurden von ihnen geprägt. Der Ozean ist mein Reich, hier bin ich frei.« Übermütig legte er noch an Geschwindigkeit zu, schwamm den Wellen förmlich davon.

»Ich bin auch frei!«, piepste darauf Mathilde mit ihrer hohen Stimme. Sie flog empor in die vom Mond erhellte Nacht, drehte in engen Kurven einige Pirouetten und schrieb zauberhafte Spiralen in den Sternenhimmel. Die Freude über Klaras und Manolitos Rettung war diesem Tanz anzumerken. Aber es dauerte nicht lange, bis Mathilde zurückkehrte. Eine so angenehme Fortbewegungsmöglichkeit wollte sie nicht ungenutzt lassen.

Kaum hatte Mathilde wieder neben ihren Reisebegleitern Platz genommen, als plötzlich Klara rief: »Ich bin auch frei und kann mich in meinem Element grenzenlos bewegen! Nur habe ich im Moment einfach keine Lust, meine Freiheit zu demonstrieren. Ich muss mich erholen, das werdet ihr sicher verstehen.«

»So frei wie ihr seid, bin ich nicht«, meldete sich als Letzter Manolito zu Wort. »Ich kann in meinem Element weder gleiten, wie es Ody macht, noch fliegen wie Klara und Mathilde. Ich bin an die Erde gebunden. Aber meine Freundschaft zu Klara verschafft mir neue Freiheit. Sie lässt auch mich fliegen. Ich habe meine Grenzen durch die Freundschaft mit Klara gesprengt.«

»Du hast deine Grenzen gesprengt«, wiederholte Ody, »und es ist doch wunderbar, das Fliegen ausprobieren zu können. Mir wird dies leider immer verwehrt bleiben. Aber durch das Wasser zu gleiten, ist auch mehr als wundervoll!«

Die drei Passagiere saßen bequem und sicher auf Odys Schnabel, und weiter ging die Fahrt durch die Nacht.

15. Kapitel

Besuch beim Wind

Über dem Strand drehte Kasimir etwas hektisch und nervös seine Runden. Man sah ihn bereits aus der Ferne. Die starken Aufwinde ermöglichten ihm, seine Flügel ruhig zu halten und zu segeln. Er konnte es gar nicht erwarten, Klara und Manolito am Ufer in Empfang zu nehmen.

Als Klara mit Manolito auf dem Rücken, begleitet von Mathilde, gelandet war, krächzte er: »Was waren denn das für Seeungeheuer? Haben sich einfach wieder in die Tiefe verflüchtigt, als hätten sie etwas zu verbergen.«

»Eines nach dem anderen!«, ermahnte ihn Manolito. »Hallo, servus, grüß Gott oder guten Tag erst mal. Ein paar Manieren haben noch niemandem geschadet! Wenn du es genau wissen willst: Diese Ungeheuer haben uns gerettet. Ohne die Delfine hättest du lange hier am Strand auf uns warten können. Wir wären jämmerlich im Meer ertrunken, wenn der Delfin Ody uns nicht aus dem Wasser gefischt hätte. Wir hatten großes Glück, einem wunderbaren Freund zu begegnen.«

»Na, wenn das so ist …«, entgegnete Kasimir kleinlaut.

»Meine Lieben, hier trennen sich unsere Wege«, rief da die Grasmücke Mathilde. »Ich muss jetzt in eine andere Richtung, um meine Flugroute einzuhalten. Gebt auf euch acht! Ich möchte euch alle unversehrt wiedersehen. Ich wünsche Euch nur das Beste für Eure Reise! Auf bald.«

Der Mond stand noch blass am Himmel, er war dabei, dem Tag seinen Platz zu räumen. Zielsicher flatterte Mathilde dem bleichen Himmelskörper entgegen auf die andere Seite dieser Erde, zum Berg Aldin Palkap. Ein langer Weg lag vor ihr.

»Ach, immer diese Abschiede, ich kann sie einfach nicht leiden«, sagte Klara.

Manolito blickte traurig auf seine Füße und blieb stumm, er fühlte ähnlich wie Klara.

»Ich bin auf meinem Flug sehr vielen Vögeln begegnet, die alle aus dem Menschenreich kamen«, durchbrach Kasimir die gedrückte Stimmung. »Sie sind in großen Scharen durch die Wasserwand nach Aronia geflohen, als wüssten sie, dass etwas Schlimmes passieren würde.« Der Rabe watschelte zu Klara und legte ein Brieflein vor ihr auf den Boden. »Tut mir leid, Manolito, von Knuth ist kein Brief dabei, aber der wird sich bald melden.«

Klara begann zu lesen:

Die Regierung des Zentrums der Vereinigten Arten von Aronia an Ihre Majestät,
Königin Klara die Erste vom Neptunfeld:

Wir haben eine traurige Mitteilung zu verkünden.
Unsere liebe Philomena, treues Mitglied unserer Vereinigung, ehrenamtliche,
immer einsatzbereite und selbstlose Helferin, ist in Erfüllung ihrer Aufgabe,
den Meister des Windes an der Küste der Dämonen nach Aronia einzuladen,
in einem Sturm ums Leben gekommen.
Die Teilnahme des Meisters des Windes an unserer Konferenz ist jedoch unverzichtbar. Sein Rat ist für die Abwägung weitreichender Entscheidungen elementar. Deshalb möchten wir ihre königliche Hoheit, Klara die Erste, herzlich bitten, an Philomenas Stelle zu treten, den Meister des Windes an der Küste der Dämonen aufzusuchen und ihn nachdrücklich zu den Beratungen im Zentrum Aronias einzuladen.

Mit hoffnungsvollen Grüßen
der Zentrale Rat der Vereinigten Arten von Aronia

Die Verantwortlichen von Aronia nahmen die Flucht der vielen Tiere aus dem Menschenreich sehr ernst. Sie waren davon überzeugt, Aronia nicht mehr lange vor den Augen der Menschen geheimhalten zu können. Wenn das geschah, würden die Menschen sehr schnell begreifen, welchen Reichtum an Gold und anderen Bodenschätzen Aronia barg, dazu Holz in unvorstellbaren Mengen. Die Paarfüßler würden alles in Besitz nehmen.

Wie Heuschrecken würden sie über Aronia herfallen und die Schöpfung vernichten. Die Menschen hatten keine Scheu, sich auszubreiten wie Kraken im Meer. Auf diese Weise hatten die Paarfüßler bereits andere Kontinente verödet und taten es noch immer. Selbst in ihrer eigenen Heimat holzten sie die schönsten und ältesten Urwälder ab, wohl wissend, dass der Urwald deren Lunge war. Ohne die Wälder blieb den Menschen keine Luft zum Atmen. Ihre Gier war wie eine Sucht. Sie handelten gegen ihr eigenes Leben.

Im Falle eines Angriffs der Menschen auf Aronia wollte die Regierung den Meister des Windes in die Verteidigung des Kontinents einbeziehen. Der Wind sollte helfen, die Menschen zur Vernunft zu bringen. Die Regierung wollte den Wind davon überzeugen, seine Tätigkeit im Falle eines Angriffs der Menschen einzustellen und so deren Feldfrüchte nicht mehr zu bestäuben, die Ernten verkümmern zu lassen und im Sommer keine Kühlung zu bringen. Vielleicht konnte der daraus entstehende Hunger die Paarfüßler zur Vernunft bringen. So jedenfalls sah es der Verteidigungsplan der Regierenden von Aronia vor.

Die großen Scharen von Vögeln, die täglich zu Tausenden durch die Wasserwand aus dem Menschenreich nach Aronia auswanderten, waren unter den Einwohnern Aronias bereits Tagesgespräch. Dazu gesellten sich unzählige Säugetiere und Waldbewohner. Der Instinkt sagte ihnen, dass eine große Veränderung bevorstand.

Als Klara die unerwartete Nachricht vom Tode Philomenas und die Bitte der Regierung von Aronia gelesen hatte, sagte sie: »Ach, du meine Güte! Was erwartet die Regierung denn noch alles von mir. Wie soll ich das nur schaffen? Eine Reise in den finstersten Winkel der Erde!«

Manolito sprang ihr zur Seite. »Klara, zu zweit können wir das schaffen, ich bin bei dir. Wir haben schon so vieles gemeistert. Wir tun es auch Philomena zuliebe, sie hat diese Aufgabe ganz allein auf sich genommen und dabei ihr Leben verloren.«

»Du hast recht«, erwiderte Klara. »Wir tun es im Gedenken an Philomena. Aber wir brauchen eine Eskorte zur Sicherheit. Wir müssen aus dem, was Philomena passiert ist, lernen. Drei Fledermäuse benötigen wir mindestens. Eine, die vorausfliegt, und je eine links und rechts. Wir müssen als Staffel fliegen. Am besten bringen uns die Fledermäuse huckepack ans Ziel. Sie sind so schnell wie Delfine. Damals, als Philomena uns aus der Schlucht der verlorenen Seelen gerettet hat, haben wir es erlebt. Ach, mir ist das Herz so schwer, dass Philomena nicht mehr bei uns ist. Kasimir, flieg bitte zur Schlucht der verlorenen Seelen und finde drei zuverlässige und streitbare Fledermäuse, die bereit sind, sich mit uns auf diese schwere Reise zu machen. Sobald sie hier sind, bereiten wir alles vor für unseren Flug an die Küste der Dämonen.«

Sogleich machte sich Kasimir auf den Weg in die Schlucht der verlorenen Seelen zu den Fledermäusen.

Es verging nur eine Nacht. Am darauffolgenden Nachmittag landete der Rabe, begleitet von drei kühnen Fliegern vor Königin Klara. Die Fledermäuse hörten auf die Namen Pentheus, Medea und Paris.

»Wir starten nach Sonnenuntergang«, verkündete Klara. »Das ist für unsere Nachtflugexperten der beste Zeitpunkt.«

Rasch machten sich die Reisenden an die Planung ihrer Flugroute. Das Wetter war mild, laut Auskunft der Schwalben sollten die Wetterbedingungen keine Probleme bereiten, sofern nichts Unvorhergesehenes geschah.

Schließlich war die Dunkelheit hereingebrochen, der Mond verbarg sich noch hinter einer Bergsilhouette. Man hatte sich darauf geeinigt, im Tandemflug zu fliegen. Medea flog in der Mitte. Auf ihr saß Klara. Um den Luftwiderstand zu verringern, klammerte sich Manolito direkt an Klaras Hinterteil, sodass er in ihrem Windschatten saß. Auf der rechten Seite flog Pentheus, zur Linken Paris.

Ohne weitere Verzögerung startete die Formation in die Nacht. Manolito erinnerte sich an den Flug durch die Schlucht der verlorenen Seelen mit Philomena. Der gleiche enorme Gegenwind, verursacht durch die hohe Geschwindigkeit, schlug ihm entgegen. Eine kleine Unachtsamkeit, und der Luftstrom würde Manolito und Klara mit sich reißen. Die Spannweite der Fledermäuse war riesig. Medea, Paris und Pentheus gehörten der Art der braunen Langohren, *Plecotus auritus,* an. Sie galten als zäh und ausdauernd. Ihr Fell war dicht und lang. Das war ein Vorteil für die kleinen Passagiere, denn so konnten sie sich besser festhalten und hatten es auch wärmer. Ein paar miteinander verknüpfte Flaumfedern dienten ihnen zusätzlich als Decke, denn in der Region, die sie erreichen mussten, war es außerordentlich kalt.

Die Fledermäuse orientierten sich mittels ihres unglaublichen Gehörs. Sie stießen Laute im Ultraschall aus, die von Hindernissen als Echo zurückgeworfen wurden. Auf diese Weise machten sich die Fledermäuse mithilfe ihrer großen Ohren ein Hörbild von dem, was vor ihnen lag. Sie verfügten also gleichsam über ein Höchstleistungsradar und stießen, obwohl sie fast blind waren, niemals irgendwo an. Außerdem konnten sie auf kleinstem Raum exakt manövrieren.

So flogen die Reisenden schnell und sicher durch die Nacht. Machte Paris einen Fehler, konnte ihn Pentheus ausgleichen und umgekehrt. Sie kontrollierten sich gegenseitig. In Medeas dichtem, weichem Fell, geschützt durch Klaras Körper, fühlte sich Manolito geborgen und sicher. Bald wurde er müde, schlief ein und hatte einen Traum, der ihn während er schlief nicht loslassen wollte.

Manolito saß auf dem Rücken des Phönix. Beide flogen durch heftiges Schneetreiben in den Winter, es wurde sehr kalt. Der Kristall an seiner Brust wärmte Manolito und bewahrte ihn vor dem Erfrieren.

Als er erwachte, war es kalt geworden. Klara und er wickelten sich enger in die Flaumfederdecken ein. Manolito fühlte den Kristall an seiner Brust, er war wirklich sehr warm.

Sie hatten den nördlichen Wendekreis erreicht. Weit in der Ferne sah man flackerndes, gleißendes Licht. Schnell wie der Wind rasten Polarlichter auf die Fliegenden zu und über ihre Köpfe hinweg. Schneller, als sie fliegen konnten, bewegten sich Lichtstraßen wie Meeresströmungen in der Dunkelheit. Es war ein prächtiges Schauspiel, das sie sich nicht erklären konnten. Es war Sternenstaub, von Sonnenstürmen in die Atmosphäre geschleudert, um diesen kosmischen Himmelszauber zu verursachen. Doch bald beruhigte sich die Nacht, die Dunkelheit kehrte zurück.

Nach vielen Stunden ließ sich am fernen Horizont der Morgen erahnen. Plötzlich huschte ein großer, dunkler Schatten dicht über Medea durch die Nacht. Manolito spürte einen Stich und einen spitzen Schmerz am Kopf. Eine Eule hatte zur Jagd auf sie angesetzt und ihn nur um Haaresbreite verfehlt. Mit seinem scharfen Schnabel hatte der Vogel Manolitos Kopf touchiert, dessen Haar hatte eine schlimmere Verletzung verhindert. Die Eule war mächtig und bedrohlich. Lautlos zerteilten ihre breiten Schwingen die Luft. Der Riesenvogel zog an den Fledermäusen vorbei, um nach einer Kehre erneut einen Blitzangriff zu starten. Sofort erkannten Pentheus und Paris die Gefahr. Mit seinen scharfen Klauen wollte der Raubvogel Medea samt ihren Passagieren im Flug ergreifen, um die seltsame Beute anschließend zu verspeisen. Medea bremste ab und wich nach unten aus. Sogleich rückten über ihr Pentheus und Paris zusammen und bildeten eine Art lebenden Schutzschild, sodass Medea für den Jäger nicht mehr zu sehen war. In dieser Formation erhöhte die Gruppe nun die Geschwindigkeit und sauste schnell wie ein abgeschossener Pfeil durch die Nacht. Bald hatten sie den Angreifer hinter sich gelassen.

»Das war knapp! Aber wir sind ein wunderbares Team. Diese Bewährungsprobe hätten wir bestanden«, sagte Medea erleichtert. »Ihr braucht euch nicht mehr zu fürchten, wir haben das Jagdrevier der Eule verlassen, es liegt hinter uns.«

Der Wind wurde stärker. Es war deutlich zu spüren, dass die Reisenden sich dem Reich des Windes näherten. Die Wälder wurden spärlicher. Auf den großen, freien Flächen der Tundra weideten Rentiere und Elche. Dann veränderte sich die Landschaft weiter, wurde

kahl, fast lebensfeindlich. Flache, vom Sturm gepeitschte Hügel verloren sich in der Ferne. Vor den Reisenden erstreckte sich eine weite Ebene. Mit rasanten Flügelschlägen ruderten Medea, Paris und Pentheus gegen den gewaltigen Wind. Die Sicht war durch tiefhängende Wolken getrübt, dennoch erkannten Manolitos scharfe Augen in der Ferne das Meer wie einen schmalen Silberstreif. Die Ostküste von Aronia war in Sichtweite.

Die Reisenden waren an den Klippen von Kalypsonien angekommen. Die Felsen waren schwarz, als hätte die Hölle sie ausgespuckt. Vor ihnen lag eine unwirtliche Gegend. Hier war niemand willkommen. Manolito und seine Begleiter fühlten sich als Eindringlinge – und wenn man es genau betrachtete, waren sie das auch. Paris flog links neben Medea, rechts Pentheus. Wieder setzte sich Medea an die Spitze der Formation. So brausten die drei Flieger die Küste entlang, vor ihnen das öde Land, das wilde Meer zu ihrer Rechten.

Schließlich erreichten sie eine große, halbrunde Bucht, die aus dem Land herausgebrochen war, als hätte das Maul eines gierigen Monsters hineingebissen. Hier setzten die Flieger zur Landung an. Der Sturm wütete unerträglich, zerrte und zog an ihnen. Klara und Manolito vergruben sich in Medeas Fell, um nicht den Halt zu verlieren und hinweggefegt zu werden wie die Sandkörner und Steine, die in der Luft umherwirbelten.

Am Rande der Bucht blickte man in unermessliche Tiefen. Schwarze, turmhohe Klippen stürzten pfeilgerade hinunter ins brodelnde Meer. Sie bildeten einen gewaltigen Kessel, der sich zum Meereshorizont hin öffnete. Der Sturm peitschte das Wasser unter ihnen. Die weiße Gischt formte eine mächtige Spirale. Eine gewaltige Wassersäule wurde von den Kräften des Orkans unter schrecklichem Donnern und Zischen aus dem Meer gehoben und fortwährend genährt, stieg in den Himmel und vermischte sich mit den Wolken. Es schien, als hätte sich das Element des Wassers mit der Macht des Windes verbündet.

Medea war besorgt um Klara und Manolito. Auch Pentheus und Paris spürten den übernatürlich starken Wind und die lebensfeindliche Atmosphäre. Sie hatten Schutz in einer Felsritze gesucht, ihre Flügel zusammengefaltet und eng angelegt. Laut und unheimlich dröhnte ein Donnern und Grollen an ihre Ohren, das aus dem Bauch der Erde zu kommen schien. Medea wusste nicht, was es bedeuten sollte. Sie hatte sie wohl noch nie etwas vom Weltuntergang gehört. Manolito und Klara jedoch gingen Gedanken daran durch Herz und Verstand.

Die Atmosphäre vibrierte und war erfüllt von tiefen Tönen und Frequenzen. Sie ließen die Erde erzittern. Noch nie hatten Manolito und Klara etwas Ähnliches vernommen. Das empfindliche Gehör der Fledermäuse musste Schreckliches ertragen. Medea bohrte den Kopf in den Sand, um ihre Ohren zu schützen. Allmählich wurden die Laute jedoch klarer,

bis Manolito und Klara glaubten, Worte ausmachen zu können:

»Niemand ist einsamer als ich, nur das Wasser versteht mich. Die Lebenden nennen mich den Geist des Windes. Ich bringe euch das Leben, befruchte eure Steppen, Wiesen und Wälder. Aber ich nehme das Leben auch, blase eure Kerzen aus. Ich bin gerecht wie der Tod und schlage mich auf niemandes Seite. Nicht in euren Kriegen und nicht in eurem Frieden. Wisset, ich werde euch nicht nach Aronia folgen. Findet euren Weg zurück. Fliegt ihr nach Norden, erwartet euch der Tod. Fliegt ihr dahin zurück, woher ihr gekommen seid, erwartet euch das Leben.«

Die mächtige Stimme hatte Paris und Pentheus aus ihren Felsspalten getrieben. Erschüttert und enttäuscht standen die Gefährten am dunklen Abgrund. Schlaff ließen die Fledermäuse die Flügel hängen. Das ließ erkennen, wie sie sich fühlten.

Klara gewann als Erste die Fassung wieder. »Macht euch keine Sorgen, wir werden es auch so schaffen«, versuchte sie die Freunde aufzumuntern. »Lasst uns hier keine Zeit mehr vergeuden und zurückfliegen. Ich zittere immer noch, vielleicht bin ich für solche Aufgaben einfach nicht geschaffen. Aber wenn wir gleich starten, schaffen wir es heute noch über die Tundra. Danach beginnt die Waldzone. Und das Revier der Eule werden wir diesmal umfliegen.«

Klara und Manolito stiegen wieder auf Medeas Rücken und setzten sich zwischen deren Flügeln in Position.

16. Kapitel

Ein Höhlenflug

Auf dem Rückflug war Klara ungewöhnlich still. Manolito konnte das verstehen. Es war nicht leicht, mit leeren Händen im Zentrum von Aronia einzufliegen. Für ganz Aronia würde dieses Ergebnis eine Enttäuschung sein.

Die Gefährten hatten bereits ein großes Stück des Rückflugs hinter sich gebracht. Obwohl Klara dem »Neptunfeld«, ihrer Heimat, die fast auf dem Weg lag, gern noch einen Besuch abgestattet hätte, verzichtete sie auf den Umweg. Die Rückreise eilte. Der dreiunddreißigste Tag im sechsten Monat des Jahres zwölftausendsiebenhundertachtundzwanzig rückte näher. Ihnen blieb nur noch ein Tag.

In Aronia wurde die Zeit anders eingeteilt als in der Welt der Menschen. Für die Aronianer begann die Zeitrechnung am Ende der Eiszeit. Zwölftausendsiebenhundertachtundzwanzig Jahre zuvor hatte es einen besonderen Sommer gegeben. Diesem warmen Sommer hatte es in Aronia so gut gefallen, dass er sich geweigert hatte, dem Herbst und dem folgenden Winter seinen Platz zu überlassen. Das hatte unabsehbare Folgen gehabt. Aronia hatte angefangen, sich zu verändern. Vielleicht war der Rückgang des Eises eines der bedeutendsten Ereignisse in der Geschichte des Planeten gewesen. Die Menschen allerdings hatten das fast vergessen und ihm nur ein paar Zeilen in den Schulbüchern eingeräumt.

Für die Bewohner Aronias hatte der Beginn der Warmzeit einen anderen Stellenwert. Sie hatten einen feinen Sinn für epochale Ereignisse, weshalb der dreiunddreißigste

Tag im sechsten Monat stets mit einem großen Fest gefeiert wurde. Hierzu kamen alle Königinnen und Vertreter der wehrhaften und stechenden Arten auf der Burg Saturia im Zentrum Aronias zusammen. Das war die beste Gelegenheit, darüber zu beratschlagen, wie in der Angelegenheit der unterirdischen Besetzung Aronias durch die Menschen vorzugehen sei.

Die Zeit wurde knapp. Königin Klara bestimmte: »Wir nehmen den direkten Weg zur Burg Saturia. Er führt durch das Labyrinth von Scipius. Medea, Paris und Pentheus werden ihren Spaß daran haben, in der Dunkelheit zu navigieren, das ist für sie kein Problem. Manolito und ich allerdings würden auf dem gesamten Flug nichts sehen. In den Höhlen herrscht stockfinsterste Nacht. Deshalb empfiehlt es sich, ein paar Leuchtkäfer zu finden. Sie sollen sich an euren Ohren und Flügeln festhalten, damit wir in den Höhlen etwas Licht haben.«

Klara machte mit ihrem Unterkiefer seltsame Geräusche. Es klang wie eine archaische Melodie, wenn auch nicht ganz so schön wie das Flötenspiel Pans, der am Bachufer seine Weisen gespielt hatte.

Nicht lange dauerte es, bis eine Schar unscheinbarer kleiner Insekten angeflogen kam, die offenbar durch die Geräusche angelockt wurden. Die drei Fledermäuse sprachen in solcher Geschwindigkeit mit ihnen, dass Manolito kein Wort verstehen konnte. Das alles erschien ihm sehr verwunderlich und fremd. Sogleich nahmen die kleinen Leuchtfeuer feste Positionen ein. Sie setzten sich an den Rändern der Fledermausflügel, auf deren Ohren und vorn auf den drei Stumpfnasen fest. Klara bemerkte Manolitos Verwirrung: »Das sind Leuchtkäfer«, erklärte sie ihm. »In der Dunkelheit wirst du es sehen – sie leuchten wunderschön.«

Ein Gewitter hatte sich über der Reisegesellschaft zusammengebraut. So war es ratsam, ohne Aufschub loszufliegen. Nach wenigen Minuten Flug, im einsetzenden Regen, war der Höhleneingang erreicht. Wie ausgeknipst verschwand das Tageslicht und sie tauchten in eine große Dunkelheit ein. Vor ihnen lag das Labyrinth der Scipiushöhlen. Die Leuchtkäfer ließen die dunklen Gewölbe in kühlem Licht glimmen. Wahrscheinlich hatten die Höhlen seit ihrer Entstehung noch kein Licht gesehen. Vielfältige Gesteinsformen glitten wie fremde Gestalten an ihnen vorüber. Es war ungewohnt und auch beklemmend, in solcher Geschwindigkeit durch das Dunkel zu rauschen. Für Manolito eröffnete sich hier eine neue, fremde Welt. Leise Stimmen hallten durch endlose Gewölbe und vervielfältigten sich, als würden hundert andere antworten. Das war ein Platz für Ungeheuer, Drachen und Kobolde. Konnte man wirklich annehmen, dass sie hier allein waren?

Unerwartet wurde es warm, die Temperaturen im Labyrinth von Scipius stiegen an. Mit angstvollen Augen blickte Manolito Klara an und fragte: »Ist das der Weg in die Hölle?«

»Was redest du für einen Unsinn«, entgegnete Klara streng. »Die Hölle und das Fegefeuer sind Ammenmärchen, ausgedacht, um Menschenkinder in Angst und Schrecken zu versetzen. Die Hölle gibt es nicht. Und wenn doch, wurde sie von Menschen geschaffen.«

Riesige Gewölbe taten sich auf, unermesslich hoch wie Tempel. Ganze Berge hätten diese Räume aufnehmen können, und es wäre immer noch Platz geblieben. Schnell passierten sie weitere riesige Hallen, durch schmale Gänge zu einem Geflecht verbunden – ein Raum, ein Gewölbe nach dem anderen. Je näher sie dem Erdinneren kamen, desto wärmer wurde es. Die Fledermäuse schossen durch mehrere Riesengemächer über einen See hinweg, glatt wie ein Spiegel, der die Räume verband. Auf der stillen Wasserfläche spiegelten sich die Flieger. Man sah ihre weißen Bäuche vorüberhuschen, schnell wie Blitze. Den Fledermäusen machte dieser Weg großes Vergnügen, sie flogen äußerst konzentriert. Keiner Wand, keinem Stein kamen sie jemals zu nah.

Rasch ging es über steinerne Landschaften hinweg. Unter ihnen lagen Hügel und Berge, statt des Himmels wölbten sich mächtige Kuppeln aus Stein. Die Reisegesellschaft befand sich im Bauch der Erde. Bilder und Eindrücke rauschten vorbei, das Tempo der Fledermäuse machte den Passagieren das Atmen schwer. In traumwandlerischer Sicherheit fanden die Flieger ihren Weg. Der Flugwind kühlte ein wenig und machte die hohen Temperaturen erträglich.

Nun durchquerten sie einen engen, bedrohlich schmalen Gang. Das spärliche Licht der Leuchtkäfer genügte, um ihn vollständig auszuleuchten. Blau schimmernde Wände zischten vorüber, unscharf und flüchtig. Manolito und Klara kauerten auf Medea, sie machten sich schmal, um sich nicht an den Wänden aufzuschürfen. Auch der Abstand zur Decke war sehr gering. Aber sie wussten: auf die Navigation war Verlass.

Nach dieser Beklemmung und Enge passierten sie einen Saal, der sie staunen ließ. Medea spürte dies und verringerte die Geschwindigkeit. Eine solche Pracht hatten Klara und Manolito noch nie zuvor gesehen. Überall glitzerte und funkelte es, die Wände waren mit Millionen von Kristallen übersät. Das dünne Licht der Leuchtkäfer wurde von tausend Prismen reflektiert. Hohe, säulenartige Kristalle stützten die schillernden Decken. Es schien, als seien sie aus dem gläsernen Boden zur Decke gewachsen. Auch die Säulen waren durchscheinend wie Glas, in den blanken Wänden und Kanten der polierten Steine brach sich das blaue Käferlicht. Selbst im Palast der Elfen hatte es nichts Vergleichbares gegeben, denn hier war alles fest, klar und greifbar. Sie befanden sich in einer

riesigen Druse aus Bergkristall, in Jahrmillionen gewachsen. Und sie wuchs noch immer. Manolito und Klara spürten, dass die mächtige Energie und Kraft, die sie in diesem Raum umgaben, nicht für sie bestimmt war. Sie waren hier nur kurz geduldete Besucher. Und noch etwas wurde ihnen bewusst: Die Erde lebte, auch in ihrem Inneren.

Klara und Manolito fiel es schwer, von so viel Schönheit Abschied zu nehmen. Die Fledermäuse hatten von alledem nichts gesehen. Sie lebten in einer anderen Wirklichkeit, die den Menschen ein Geheimnis blieb. Aber die Reise duldete keine Verzögerung, es galt, rechtzeitig zum Fest die Burg Saturia zu erreichen. Die Flieger beschleunigten ihr Tempo und hatten bereits eine längere Flugstrecke hinter sich gebracht, als ein dumpfes, tiefes Grollen die Höhle erfüllte. Mit bedrohlichem Donnern wälzte sich ihnen eine dunkle Staubwolke entgegen. Sie machte das Atmen schwer. Der Staub wurde immer dichter, das Licht der Insekten kam nicht dagegen an. Die Umgebung verdunkelte sich. Plötzlich krachte es, als fiele die ganze Höhle in sich zusammen. Die Erde bewegte sich. Schwere Steine stürzten von der Decke und zerbarsten in der Tiefe in tausend Teile. Lautes, angstvolles Klagen durchdrang die Finsternis. Medea suchte mit Manolito und Klara Schutz an einer seitlich überhängenden Wand.

Der Schreck wurde noch größer. Mit gewaltigen Erschütterungen und höllischem Getöse öffnete sich unter ihnen die Erde. Durch den Staub drang der Schein leuchtender Glut aus der unendlichen Tiefe. Zäh wie Brei floss Lava in tieferliegende Höhlen.

»Es gibt sie doch, die Hölle«, schoss es Manolito durch den Kopf.

Zischend strömte die Lava aus dem rot scheinenden Schlund. Dann wurde es plötzlich still. Gelähmt vor Schreck warteten Manolito und Klara darauf zu sehen, was geschehen war. Nur langsam senkte sich der Staub und gab den Blick auf die Katastrophe frei. Steine bedeckten die Körper von Pentheus und Paris. Mit weit ausgebreiteten Flügeln lagen sie reglos im Schutt. Staub bedeckte ihre Leiber. Das Bild des Grauens verschlug den Überlebenden den Atem. Nur Medeas Geistesgegenwart hatte ihnen das Leben gerettet.

Medea erwachte als Erste aus der Erstarrung. Sie war eine Höhlenbewohnerin und konnte deshalb vielleicht instinktiv besser mit Geschehnissen solcher Art umgehen. Sie schüttelte den Staub von ihren Flügeln, um nach Pentheus und Paris zu sehen. Für die beiden Freunde kam jede Hilfe zu spät. Medea verfiel in jammervolles Klagen. Groß war die Trauer um ihre Kameraden. Klara und Manolito stimmten in ihr Klagelied ein. Es erleichterte ihnen das Herz.

Erst nach einer Weile begann auch Klara, sich genauer umzusehen. Schnell wurde ihr klar, dass sie in der Höhle gefangen waren. An eine Fortsetzung der Reise war nicht zu denken. Beide Höhlenausgänge waren verschüttet. Wie sollten sie ohne Wasser und Nahrung nur überleben in dieser Hitze, der Erdenglut so nah? Sie waren lebendig begraben. Diese Erkenntnis zerschmetterte allen Lebensmut der drei übrig gebliebenen Gefährten. Ihre beiden Freunde Paris und Pentheus konnte man nur beneiden. Sie waren in einer besseren Welt. An die quälenden Stunden oder Tage zu denken, die sie hier bis zu ihrem unausweichlichen Tod verbringen würden, war unerträglich. Wer sollte ihnen in dieser Lage zu Hilfe kommen? Niemand konnte sie hören. Niemand konnte wissen, wo sie sich in dem eingestürzten Höhlenlabyrinth befanden. Würden sie sich aus dieser misslichen Lage aus eigenen Kräften befreien können?

Einige der Leuchtkäfer, die mit Paris und Pentheus geflogen waren, hatten das Unglück überlebt. Die Gesellschaft einigte sich darauf, dass immer nur ein Käfer Licht spenden sollte. Wenn dieser nicht mehr konnte, würde der nächste Leuchtkäfer übernehmen. Auch wenn die Lage aussichtslos war – sich zu organisieren, hielt zumindest die vage Hoffnung aufrecht, in dieser feurig dämmernden Hitze überleben zu können.

Medea war besonders traurig. Sie konnte nichts sehen, und auch ihre Navigationskünste halfen ihr jetzt nicht. Keiner konnte ahnen, wie viel Zeit vergangen war. War es Nacht oder Tag? Schlaf war der einzige Trost in diesen schweren Stunden, in Morpheus' Armen ließ sich etwas Ruhe finden. Manolito dachte an seinen Besuch im Elfenwald. Das Bild der Elfe Livia mit ihren unglaublich schönen Augen blickte ihn an. Das Feuer in seiner Brust und die wundersamen Gefühle, die Manolito ihr und Flavio gegenüber empfand, hellten seine Stimmung etwas auf. Dann schlief er ein.

Aus dem Feuerschlund der Bodenspalte erhob sich im flackernden Licht der Vogel Phönix. Manolito spürte den warmen Kristall auf seiner Brust und erinnerte sich im Traum an die vorherigen Träume. Der große Vogel zeichnete mit dem Schnabel seltsame Runen in den Staub. Als er schließlich durch die Wände der Höhle davonflog, hinterließ er einen Schweif goldenen Sternenstaubs.

Als Manolito erwachte, schliefen die anderen noch. Der Boden und die Trümmer waren mit Gold überzogen. Vor sich sah Manolito die Zeichnung. Bei näherem Betrachten erkannte er erstaunt, dass die Symbole einen Ausweg anzuzeigen schienen. Er folgte mit den Augen dem Pfeil auf der Zeichnung. Als er an der Stelle, auf die er wies, den Staub vom Boden entfernte, entdeckte Manolito eine unregelmäßige, lose Steinplatte. Am Rand dieser Platte befand sich ein kleines Loch. Er begann, mit seinen Händchen zu graben, sodass die Öffnung schnell größer wurde. Sie führte senkrecht in die Tiefe. Das Loch war etwa so breit wie die Spannweite von Medeas Flügeln.

In Manolito keimte Hoffnung auf. Mit einem Mal begriff er, dass die Elfen ihn nicht im Stich ließen. Phönix war der Bote der Elfen! Seine Verbindung zum Elfenreich war nie abgerissen. Der Kristall an seiner Brust war noch heiß. Manolito war in größter Not nicht allein.

Der Goldstaub ließ die Höhle selbst im spärlichen Licht des einzelnen Leuchtkäfers völlig verändert erscheinen. Klara und Medea erwachten.

»Was ist hier los?«, fragte Klara sogleich, als sie sich umgesehen hatte.

»Du erinnerst dich doch an unseren Besuch im Elfenschloss«, begann Manolito zu erklären. »Heute Nacht haben sie Hilfe geschickt. Sie haben mir einen Ausweg gezeigt. Schau, hier ist ein Tunnel. Er ist nicht gerade groß, aber Medea wird es gewiss schaffen, auch durch dieses enge Loch mit uns zu kommen.«

Medea blickte verschlafen in die Dunkelheit der Öffnung. Sie sendete einige Signale aus und war sich dann sicher: Der Gang barg keine unüberwindbaren Hindernisse.

Die verbliebenen Leuchtkäfer hefteten sich an Medea. Manolito und Klara nahmen ihre Plätze auf dem Rücken der Fledermaus ein. Dann zwängte sich Medea durch die schmale Öffnung.

Im Sturzflug ging es nach unten. Manolito und Klara schlossen die Augen. Sie schienen sich im freien Fall zu befinden und wussten nicht, wie lange schon. Der Druck in ihren Köpfen stieg fast bis zum Bersten, je tiefer sie kamen, desto unerträglicher wurde die Hitze. Dann fing Medea den Sturz plötzlich geschickt ab und langsam wurde die Flugbahn flacher.

Endlich öffnete sich der enge Tunnel und führte in größere Räume. Manolito und Klara hatten nur ein Ziel: so schnell es ging, das Labyrinth von Scipius hinter sich zu lassen. Ihre Sehnsucht nach Licht und Sonne war so groß wie nie zuvor.

Am Ausgang der Höhle wurden die Reisenden bereits mit großer Ungeduld erwartet. Kasimir hockte auf dem Vorplatz und flatterte nervös mit den Flügeln. Auch hier lagen Gesteinsbrocken von dem schweren Erdbeben, das Aronia erschüttert hatte. Als er Medea mit ihren Passagieren auftauchen sah, krähte Kasimir sogleich: »Mein Gott, wir hatten solche Angst um euch! Wer hätte gedacht, welche schweren Prüfungen wir alle zu bestehen haben würden? Was für ein Glück, dass ihr es geschafft habt! Ihr müsst mir alles erzählen, ich bin so neugierig.«

Kasimir wollte gar nicht mehr aufhören zu reden, wie ein Wasserfall sprudelte es aus ihm hervor: »Die Burg Saturia hat durch das Erdbeben einen großen Schaden erlitten. Feierlichkeiten, Ansprachen und Beratungen mussten alle unter freiem Himmel stattfinden. Man hat euch viel früher erwartet, ein Großteil des Festes ist vorüber. In Aronia macht man sich große Sorgen. Die erdsensiblen Kriechtiere meinen, dass noch Spannungen im Inneren der Erde herrschten. Ein zweites Erdbeben stünde bevor.

Ach so: Hier ist noch ein Brief von Knuth an dich, Manolito.«

Manolito war sehr gespannt, er begann sofort zu lesen:

Lieber Manolito,

ich weiß nicht, wo Du bist und was Du machst. Die Ungewissheit quält mich in diesen Tagen. Ich hoffe, Ihr habt eure Flugreise gut und erlebnisreich hinter Euch gebracht. Hier waren die Ausläufer eines großen Erdbebens zu spüren. In meiner Wohnung im siebten Stock hat es ganz schön gewackelt, alle Flaschen und Bücher in den Regalen sind umgefallen. Im Dachgebälk hat es so gequietscht und geächzt, dass ich dachte, jetzt fällt mir alles auf den Kopf. Aber nach zwei Minuten war es wieder vorbei.
Nur der Betonboden des Balkons hat einige Risse bekommen.
Ich hoffe, dass es Dir und Klara gut geht und Ihr keine Sorgen habt. Zu wissen, dass Du nicht allein bist, ist für mich eine Beruhigung.
Stell Dir vor, Herr Megelein hat seiner Ehefrau zum dreizehnten Hochzeitstag eine neue Kücheneinrichtung gekauft, samt einem neuen Kühl- und Gefrierschrank. Seine Ersparnisse haben dafür allerdings nicht ausgereicht. Deshalb musste er sich einen Kredit von der Bank besorgen. Seitdem spielt er Lotto. Trotzdem ist er sich immer noch sicher, Dich eines Tages zu erwischen und das Kopfgeld von hundertfünfzigtausend Euronen einzustreichen. Diese Summe ist noch immer auf Deine Ergreifung ausgesetzt. Aber mach Dir deshalb bitte keine Sorgen.
Ich genieße es so sehr, nicht mehr im Forschungsinstitut zu arbeiten. Jetzt kann ich mir meine Zeit einteilen, wie ich möchte. Oft arbeite ich sogar mehr als die Bankangestellten oder die Assistenten im Forschungsinstitut – mit dem kleinen Unterschied, dass mir das Schreiben meiner Geschichten große Freude macht.
Mein Lieber, Du sollst wissen, dass Du Dir um mich keine Sorgen zu machen brauchst. Ich habe die Hoffnung noch nicht aufgegeben, Dich eines Tages vielleicht doch wiederzusehen. Dein Bettchen in der Puppenstube wartet auf Dich.

Ich denke an Dich,
Dein Freund Knuth

Kapitel 16

Überall hatte das Erdbeben Verwüstungen angerichtet. Die Burg Saturia im Zentrum von Aronia war vor vielen hundert Jahren von Termiten erbaut worden. Nun war das Gebäude bis auf wenige Türme zerstört, die Ruine stand wie ein hohler Zahn auf dem großen, von uralten Bäumen gesäumten Festplatz. Verglichen mit dem Elfenpalast war Saturia ein schlichter Bau. Die Termiten würden das Gebäude bald neu errichten.

Man muss wissen, dass die Verteidigung Aronias in den Händen des Insektenheeres lag. Sie waren in den vergangenen Jahrtausenden sehr erfolgreich darin gewesen, ihre Reviere gegen den Menschen zu verteidigen. Außerordentlich wirkungsvolle Strategien hatten die Malariafliege und andere Krankheiten verbreitende Insekten. Ihnen waren schon Millionen von Paarfüßlern zum Opfer gefallen. Besonders bei den Versuchen, immer mehr Sümpfe trockenzulegen, den Lebensbereich für unzählige Tiere, hatten sich die Moskitos lange Zeit als überaus schlagkräftige Truppe erwiesen. Auch die Wespen, Bienen und Hornissen waren siegreich in der Verteidigung ihrer Reviere. Aus diesem Grund hatte man darauf verzichtet, auch die Säugetiere im großen Heer von Aronia mit Verteidigungsaufgaben zu betrauen.

Mit der Entwicklung chemischer Waffen hatten die Menschen jedoch einen Vorteil erlangt. Diese erschwerten den Insekten die Verteidigung massiv. Doch es würde nicht mehr lange dauern, bis die Keule der Chemie auf die Menschen zurückschlug. Viele Bienen weigerten sich bereits, die fruchttragenden Bäume zu bestäuben. Deshalb würden die Menschen künftig Probleme dabei haben, ausreichend Früchte für ihre Ernährung zu ernten. Dann würde ihnen nichts anderes übrigbleiben, als selbst auf die Bäume zu steigen und die Blüten zu befruchten, wie es in einigen Gebieten im Menschenreich bereits praktiziert wurde.

Viele Lebewesen in Aronia verfügten über einen besonders ausgeprägten Instinkt. Dieser Instinkt ermöglichte es den Tieren zu erahnen und zu fühlen, was in der Zukunft geschehen würde. Viele Tiere hatten sich im Zentrum Aronias gemeldet und davor gewarnt, dass etwas Außergewöhnliches bevortstünde. Aus diesem Grund wurde das Insektenheer von Aronia in Alarmbereitschaft versetzt. Königin Klara wurde vom Zentralen Rat der Vereinigten Arten Aronias zur Oberbefehlshaberin des stechenden Heeres berufen. Es lag nun in Klaras Entscheidung, ob und wann Verteidigungsmaßnahmen nach außen unternommen werden mussten.

Die Schmetterlinge, Tag- und Nachtfalter gehörten nicht den kämpfenden Truppen an, deshalb hatten sie die Aufgabe, die Abschlussfeier des großen Jahreswechselfests von Aronia zu gestalten. Zu Ehren Königin Klaras der Ersten vom Neptunfeld sollte ein

Himmelstanz aufgeführt werden. Einschließlich des Heeres waren unzählige Tiere ins Zentrum gekommen, um zu feiern. Sie alle freuten sich, dass Königin Klara und Manolito dem großen Erdbeben in dem Höhlenlabyrinth von Scipius entkommen waren und dabei sein konnten.

Als Erstes wurde eine Gedenkminute für Philomena angeordnet. Der Zeremonienmeister erinnerte daran, dass Philomena auf ihrem schweren Weg zum Meister des Windes für Aronia ihr Leben gegeben hatte. Alle Tiere senkten die Häupter im Gedenken an die selbstlose, mutige Philomena. Danach wurde der Fledermäuse Pentheus und Paris gedacht, die Klara und Manolito auf ihrer Reise in den Nordosten zum Meister des Windes eskortiert hatten. Als berichtet wurde, dass Pentheus und Paris in den Höhlen von Scipius von Gesteinsmassen erschlagen wurden, ließen wiederum alle Anwesenden betroffen den Blick sinken. Es war sehr still in der Runde auf dem großen Versammlungsplatz.

Aber im Mittelpunkt dieses letzten Festtages stand Königin Klara. Alle Schmetterlinge des Neptunfeldes waren zur Burg Saturia geflogen, um ihrer Königin zu huldigen. Auf der großen Blumenwiese vor der zerstörten Burg sammelten sich tausende Bienen. Sie schlugen mit ihren Flügeln und erzeugten ein herrliches Summen. Auf die gleiche Weise brachten die Wespen Klänge hervor. Ihr Ton war ein anderer, er lag etwas höher. Am tiefsten klangen die Flügel der Hummeln. In den höchsten Tönen flirrten die Flügel der Moskitos. Auf diese Weise stimmten die Insekten ihre Instrumente aufeinander ein. Dann begannen sie einen wunderbaren Kanon zu spielen. In unbeschreiblicher Herrlichkeit breitete sich die Musik über Aronia aus und der Wind trug sie über die Wasserwand bis ins Menschenreich. Noch lange sprachen die Paarfüßler darüber. Sie konnten sich nicht erklären, woher die seltsamen Harmonien kamen – trotz all ihrer Fehler hatten sie ein feines Ohr für Musik.

Die Töne wurden vielstimmig, wandelten sich zu kräftigen, vollen Akkorden. Verschiedenste Tonlagen vereinigten sich miteinander, einzelne Melodien verwoben sich zu einer unvergleichlichen Sinfonie, ein Jubelgesang auf die Schöpfung erfüllte den Himmel.

Die gebannt lauschenden Gäste staunten sehr, als die vielen Tausend weißen Schmetterlinge vom Neptunfeld angeflogen kamen. Sie flatterten steil nach oben in den Himmel über der Burg Saturia und formierten sich dort in Dreierreihen zu einem weißen Band. Das tanzte und schwebte durch die Luft, bis Zitronenfalter in gleicher Zahl geflattert kamen. Diese bildeten ein gelbes Band. Bald flogen Kaisermäntel, Pfauen- und Ochsenaugen herbei, und auch C-Falter reihten sich ein. Dazu kamen die vielen Arten der Bläulinge in

den Farben Türkis bis Violett. Sie alle bildeten Bänder, jede Falterart in ihrer Farbe. Bezaubernd tanzten und schwebten sie über den Himmel.

Als letzte Schmetterlingsart stiegen die Trauermäntel auf. Sie bildeten ein dunkel violettes Band. Als sämtliche Bänder am Himmel schwebten, verwoben sie sich miteinander und vereinigten sich zu einem zauberhaften farbigen Tuch. Zu den Klängen der Flügelsinfonie wogte es sanft am blauen Himmel, jeder Farbpunkt ein Schmetterling. Alle zusammen ergaben sie das schönste Ornament, das Aronia je gesehen hatte, in den leuchtendsten Farben. Das lichtdurchflutete Gewebe filterte die Strahlen der Sonne und beschattete die Festgesellschaft. Für alle Anwesenden sichtbar thronten Manolito und Klara erhöht inmitten des Geschehens.

In dieses wunderbare Fest mit seiner großen Fröhlichkeit, der unvergesslichen Musik und dem bunten Zauber am blauen Himmel donnerte plötzlich ein fürchterliches Grollen. Die Erde bebte wie in großem Zorn. Die ganze Umgebung geriet in Bewegung. Die Reste der Burgruine Saturia stürzten unter lautem Getöse zusammen. In Sekundenschnelle löste sich das Tuch am Himmel auf und zerstob zu Millionen einzelner Schmetterlinge.

Die prophezeite Katastrophe war eingetreten. Das Chaos hatte den Frieden besiegt. Der Boden zerriss. Große Erdspalten taten sich auf. Die hohen Bäume wankten. Die fließenden Gewässer unterbrachen ihren Fluss und ergossen sich in tiefe Erdspalten, als hätten diese unstillbaren Durst. Wolken und Blitze wirbelten umher und all das war begleitet von Unheil verkündendem Donner.

Die Erde wölbte und senkte sich, der Boden dröhnte und ächzte. Wie unter schweren Schmerzen bäumte sich die Natur auf. Was nicht tief in der Erde verankert war, verlor seinen Halt, schwankte und stürzte in sich zusammen. Tierherden flohen in donnernden Staubwolken Richtung Osten. Das Dröhnen der Hufe war weithin zu hören und verschmolz mit dem grollenden Zittern und Beben der Erde. Es hallte wider bis ins Menschenreich. Doch hier war keiner in der Lage, die Katastrophe zu begreifen, die sich soeben ereignet hatte.

Da erhob sich mit gewaltiger Wucht ein noch größerer Lärm, der selbst den Himmel erzittern ließ. Eine Druckwelle rollte aus dem Westen heran. Gräser, Büsche und Bäume bogen sich, vom Sturm gepeitscht, gen Osten. Alles, was lose war, trieb der tosende Orkan vor sich her. Dahinter wälzte sich, von unsichtbaren Mächten getrieben, eine gewaltige schwarze Wolke, breit wie der Horizont, über alles hinweg und verbreitete tiefschwarze Dunkelheit.

Jedem Bewohner Aronias war sofort klar, was passiert war: Ein Teil der schützenden Wasserwand war eingestürzt. Die Erde hatte nachgegeben. Die Hohlräume, welche die Menschen bei ihrer Suche nach Bodenschätzen gegraben hatten, hatten das ungeheure Gewicht des schützenden Walls nicht mehr tragen können. Aronia stand nun völlig ungeschützt da.

Dritter Teil

17. Kapitel

Dunkle Wolken über Aronia

Klara und Manolito hatten in einer Mauerspalte Schutz gefunden. Saturnia lag in Trümmern, der Staub erfüllte noch die Luft. Man sah kaum die Hand vor Augen. Alles wartete auf den Regen.

»An welchem Ort dieser Erde ist man denn noch sicher?«, fragte Manolito verzweifelt seine treue Begleiterin Klara.

Diese gab zur Antwort: »Sicherheit ist eine Illusion, es gibt sie an keinem Ort dieses Planeten. Gefahren lauern überall. Wir sollten lernen, achtsam zu sein, wach und aufmerksam, damit wir dem Unheil ins Gesicht schauen können. Bleib vorsichtig und beweglich! Gegen Überraschungen ist kein Kraut gewachsen.«

»Ich staune, wie viel du aushältst, Klara. Dich kann wohl nichts mehr erschüttern.«

Manolito lag erschöpft in ihrem Unterschlupf, neben ihm ruhte Klara auf ihren sechs angezogenen Beinchen. Auch in dieser Stunde des Schreckens blieb Klara gefasst.

»Ein Teil der Wasserwand muss eingestürzt sein«, erklärte sie Manolito. »Zum ersten Mal ist Aronia nicht mehr von der Menschenwelt abgeschirmt. Wir sind schutzlos. Die Armee ist in Alarmbereitschaft, aber wir greifen erst ein, wenn es nötig wird. Alle Einwohner Aronias sollten auf alles vorbereitet sein. Es kann nicht mehr lange dauern, bis die ersten Paarfüßler in Aronia erscheinen.«

Neugierig hockte der Rabe Kasimir vor dem Mauerspalt, er hatte alles gehört und flog sofort los, um Königin Klaras Botschaft zu verbreiten.

Klara plante, zusammen mit Manolito in die Unglückszone zu fliegen, in der die Wasserwand eingestürzt war – Medea sollte sie hinbringen. Dort wollten sie sich ein Bild der Lage machen, um die nötigen Entscheidungen zu treffen. Darüber hinaus stand Kasimir als Bote für Mitteilungen an die Verteidigungskräfte zur Verfügung. Vor dem Abflug hatte Manolito noch einen Brief an Knuth geschrieben, den Kasimir überbringen sollte, sobald sie an der Wasserwand angekommen waren.

Lieber Knuth,

danke für Deinen Brief. Ich habe mich sehr über Dein Lebenszeichen gefreut.
Das Erdbeben, von dem Du geschrieben hast, hat auch bei uns verheerende Auswirkungen hinterlassen. Ich habe völlig zerstörte Gebäude gesehen. Überhaupt haben Klara und ich ziemlich Dramatisches erlebt, aber wir haben alles unbeschadet überstanden.
Ich habe beobachtet, dass aus dem Westen Heerscharen von Vögeln, Insekten und auch großen Wildtieren nach Osten flüchten. Ich hoffe, dass ist kein ganz so schlechtes Zeichen, wie es auf den ersten Blick scheint. Irgendwie hat ja alles eine Bedeutung.
Ich wünschte, Du könntest sehen, was sich hier in der Natur ereignet. Wenn das so weitergeht, leben im Westen bald nur noch Menschen.
Ich habe das Gefühl, dass ich Herrn Megelein eines Tages noch einmal begegnen werde. Aber trotz all der schlimmen Dinge, die er mir angetan hat, fürchte ich mich nicht mehr vor ihm. Mit seiner unglücklichen Veranlagung ist er selbst am meisten gestraft.
Klara und ich müssen jetzt weiterreisen.

Liebe Grüße
Dein Manolito

Was Manolito, Klara, Medea und Kasimir auf ihrer Reise in den Westen sahen, war dramatisch. Zeitweise war die Erde vor lauter fliehenden Tieren kaum noch zu sehen. Es waren große Herden Rinder, Wildpferde und Waldtiere. Tierwanderungen von solchem Ausmaß hatte es in der Geschichte selten gegeben.

Der Himmel war schwarz von durchziehenden Vögeln. Alles flüchtete in die entgegengesetzte Richtung. Nur die vier zogen nach Westen.

»Was wollt ihr im Westen, von dort kommt nichts Gutes. Fliegt mit uns in den Osten!«, riefen die Vögel im Vorüberfliegen. Klara und Manolito fühlten sich einsam und allein. Ihnen kamen Zweifel, ob es die richtige Entscheidung war, sich der Gefahr zu stellen. Immer wieder verspürten sie den Drang, vor dem Kommenden die Flucht zu ergreifen, wie es alle taten, sich mitreißen zu lassen vom großen Strom der Flüchtenden. Doch Klara blieb beharrlich. Ihr Entschluss stand fest. Aronia brauchte eine Königin. Es kamen gefahrvolle Tage auf sie zu, Aronia durfte nicht sich selbst überlassen bleiben. Und Klara trug die Verantwortung!

Kasimir flog hinter Medea. Schon lang hatten die vier die Sonne nicht mehr gesehen. Noch immer verdunkelten Vogelschwärme, einer dichten Wolkendecke gleich, den Tag. Das fehlende Licht drückte den Reisenden zusätzlich aufs Gemüt. Manolito versuchte, der Düsternis seine Erinnerungen an die sonnigen Eindrücke, die schönen Bilder und Erlebnisse auf seiner Reise mit Klara entgegenzusetzen. Aber Schwermut und Ungewissheit ließen sich nicht abstellen.

Als die Gefährten der Westgrenze näher kamen, entdeckten sie entsetzt die ersten Paarfüßler auf Aronias bunten Wiesen. Es waren Kundschafter und Pioniere. Die Aufgabe dieser Menschen war es, Straßen zu planen, auf denen später die Bodenschätze in die Fabriken des Westens abtransportiert werden konnten. Aronia sollte erschlossen, vom Menschen in Besitz genommen werden. Nichts würde mehr so sein, wie es war. Die Natur würde auf eine kleine Nebenrolle zurückgedrängt, zur Dekoration degradiert werden. Vielleicht würde man ein paar Baumparzellen stehen lassen, um den in den Fabriken arbeitenden Massen einen Erholungsbereich einzuräumen.

Klara und viele andere Aronianer wussten von diesem Plan der Menschen. Und sie hatten beschlossen, seine Umsetzung zu verhindern. Der Kontinent wollte um seinen Erhalt, um seine vielfältige Schöpfung kämpfen. Dies war das Ziel eines jeden wahren Aronianers. Klara hatte sich an die Spitze dieser Bewegung gesetzt. Die Verteidigungskräfte Aronias warteten nur auf die Befehle und Anweisungen Königin Klaras.

Als die kleine Reisegesellschaft schließlich die Wasserwand erreicht hatte, sahen sie das Ausmaß der Katastrophe. Ein unendlich tiefer Graben zog sich vom Süden in den Norden. In ihm versank der schützende Wall. Für die menschliche Wahrnehmung war er nicht sichtbar gewesen, aber alle Tiere hatten den Wall mit ihrem untrüglichen Instinkt klar erkennen und die Grenze ohne Probleme überwinden können. Nun war ein Teil der Schutzmauer in der Erde verschwunden, ein schwarzer Schlund klaffte vor Klara, Manolito, Medea und Kasimir. Mit Entsetzen starrten sie in die gähnende Tiefe.

Nun war es auch für die Menschen ein Leichtes, die Barriere zu überwinden. Schon waren die Pioniere der Paarfüßler dabei, mit langen Eisenträgern und Betonteilen samt schwerem Gerät eine provisorische Brücke über den Graben zu bauen. Mit grellen Scheinwerfern machten die Ingenieure die Nacht zum Tag. Auf diese Weise ließ sich die Verbindung zwischen dem Menschenreich und Aronia schnellstens herstellen. Fleißige Beamte fielen in Aronia ein und begannen, das Land zu vermessen und in Parzellen aufzuteilen. In langen Geraden wurden Grenzen gezogen.

Klara wusste, dass es wichtig war, die Menschen in Sicherheit zu wiegen. Sie durften nicht merken, dass sich Aronia zum Gegenschlag wappnete. Denn nur durch einen Überraschungsangriff konnte die Landnahme der Menschen abgewehrt werden.

Klara, Manolito, Kasimir und Medea beobachteten mit Argusaugen, was die Menschen in Aronia unternahmen. Die Vorbereitungen für das Abholzen der Wälder waren in vollem Gange. Als Erstes sollten breite, gerade Straßen gebaut werden. Dafür musste man die alten Bäume fällen. Deutlich hörten Klara und Manolito das laute Wehklagen der Baumriesen, für Menschen nicht wahrnehmbar. Was in Jahrhunderten gewachsen war und das vielfältige Leben auf dem Planeten erst ermöglicht hatte, wurde jetzt innerhalb weniger Stunden getötet, entastet, entrindet, abtransportiert und in Einbauküchen verwandelt. Alles war gut organisiert im Menschenreich. Die Vernichtung Aronias lief nach einem straffen Zeitplan.

Viele Menschen kamen über die Verbindungsbrücken: Neugierige und Arbeiter in gelben Anzügen auf großen Maschinen, die einen Höllenlärm machten. Auch Militärfahrzeuge rückten an. Schwere Panzer mit breiten Ketten rollten in den Osten. Es dauerte nicht lange, bis eine breite Straße von Nord nach Süd und eine andere von West nach Ost führten. Die Straßenränder wurden von Soldaten und vielen anderen Menschen bevölkert. Provisorische Hütten wurden gebaut. Es herrschte Goldgräberstimmung.

Die Gefährten ließen alles geschehen. Allein hatten sie ohnehin keine Chance gegen diese Horden. Klara gab, von Kasimir überbracht, den Befehl an die erste Brigade der Wächterbienen, sich für einen Angriff bereitzuhalten.

Im Zentrum der Straßenkreuzung stand ein älterer Soldat in grüner Uniform. Solange es noch keine Ampeln gab, regelte er den Verkehr von Ost nach West und von Süd nach Nord. Manolitos aufmerksamer Blick war auf den Soldaten gerichtet. Das Gesicht unter seiner Schirmmütze war rot angelaufen. Die schmalen Lippen waren zusammengekniffen, sie hielten eine Trillerpfeife, deren Pfiff die Lastwagen und Panzer übertönte. Man sah deutlich, wie stolz der Soldat darauf war, im Mittelpunkt des brausenden Verkehrs zu stehen. Alle Fahrzeuge hörten auf sein Kommando. Manolito traute seinen Augen kaum: Das war Herr Megelein!

»Klara, siehst du den Soldaten dort in der Mitte der Kreuzung? Das ist der schlimmste Mensch, der mir je begegnet ist: Herr Megelein! Er hat mich mit Lust gequält. Als Proband im Labor war ich ihm wehrlos ausgeliefert. Bei meinem ersten Fluchtversuch hat er mich in die Waschmaschine gesteckt. Als mein zweiter Fluchtversuch gelungen war, setzte das Institut hundertfünfzigtausend Euronen auf meine Ergreifung aus. Diese Summe will er sich holen, um einen Bankkredit zu tilgen. Wenn Herr Megelein wüsste, wie nahe er seinem Glück ist!«

»Sitz auf!«, rief Klara sofort. »Wir fliegen ihm ein bisschen um die Nase herum. Halt dich gut fest, das wird ein wilder Flug! Er soll dich sehen, uns aber natürlich nicht erwischen. Den ärgern wir jetzt ein bisschen. Juhu, selbst in den finstersten Zeiten braucht man einmal ein bisschen Spaß!«

Manolito war Feuer und Flamme. »Au ja, das machen wir!«

Manolito und Klara flogen über die Straße zu dem runden Platz auf der Kreuzung. Im Zentrum stand Herr Megelein und regelte mit zackigen Bewegungen den Verkehr. Langsam schwebte Klara vor Herrn Megeleins Nase hin und her, aber noch galt seine ganze Aufmerksamkeit einem Panzer, der gerade mit lautem Getöse nach links abgebogen war.

»Herr Megelein, Herr Megelein«, schrie Manolito, so laut er konnte. »Wie geht es Ihnen, Herr Megelein?«

Da fiel Herrn Megeleins Blick auf den kleinen Manolito. Es war ein schönes Bild, wie die Hummel mit ihrem Manolito auf dem Rücken frech unmittelbar vor Herrn Megeleins roter Nase kunstvolle Flugrunden drehte. Herr Megelein konnte es nicht fassen. Vor Schreck fiel ihm die Trillerpfeife aus dem Mund. Er fuchtelte mit heftigen Gesten in der Luft herum und wollte nach dem Flugobjekt greifen, es schnell erhaschen, aber Klara wich geschickt nach links oder rechts aus. In seinen trägen Bewegungen folgte Herr Megelein ihrem Flug. Klara umkreiste seinen Kopf, Herr Megelein drehte sich um die eigene Achse. Wie ein aufgezogenes Spielzeug vollführte er eine Pirouette nach der anderen. Plötzlich hüpfte er auf einem Bein, dann auf dem anderen, schließlich im Wechsel. Er sprang mit beiden Beinen ab und streckte die Arme zum Himmel, so weit er konnte. Er vollführte die seltsamsten Figuren. Er riss sich die Schirmmütze vom Kopf und schlug damit um sich. Von seiner Glatze lief ihm in Strömen der Schweiß. Keiner der Passanten konnte sich einen Reim darauf machen, was Herr Megelein mit seinem wilden Tanz bewirken wollte. Woher hätten sie auch wissen sollen, dass der hundertfünfzigtausend Euronen direkt vor Augen hatte?

Klara flog sehr schnell eine Spirale. Herr Megelein wirbelte herum, seine Bewegungen wurden hektisch und verzweifelt. Schließlich flog Klara in weitem Bogen auf die Straße. Herr Megelein verließ seinen Platz und sprang der Hummel hinterher, so schnell er konnte. Wie von der Tarantel gestochen, rannte Herr Megelein auf die Straße, zwischen stehenden Fahrzeugen hin und her, um sie herum. Die Panzer und Lastwagen stauten sich, ohne Schutzmann war das Verkehrschaos perfekt. Einige Fahrzeuge donnerten aufeinander, aber das konnte Herr Megelein nicht verhindern. Klara wusste genau, wie sie zu fliegen hatte, um Herrn Megelein völlig zu erschöpfen. Manolito hatte Riesenspaß an dem Spiel. Niemand kam mehr voran, niemand mehr rückwärts, ein großer Fahrzeugstau hatte sich gebildet.

»In Zukunft werden wir dafür sorgen«, versprach Klara Manolito, »dass ein noch größeres Chaos entsteht.«

Mittlerweile wurden immer mehr Passanten auf das Schauspiel aufmerksam. Alle waren zu der Überzeugung gelangt, dass hier ein Verkehrssoldat den Verstand verloren hatte. Herrn Megeleins Vorgesetzte schickten einen Rettungswagen. Vier weiß gekleidete Irrenwärter sprangen heraus, ergriffen Herrn Megelein und steckten ihn in eine weiße Zwangsjacke. Der Wahnsinnige wehrte sich verzweifelt, doch nichts konnte Herrn Megelein jetzt noch vor der Einweisung ins Irrenhaus bewahren. Der Krankentransport rauschte mit ihm davon. Im Menschenreich lief das Leben nach festgelegten Normen ab. Die Menschen hatten sich nach bestimmten Regeln zu verhalten. Niemand durfte aus der Reihe tanzen, um nicht als »verrückt« abgestempelt zu werden. Herr Megelein hatte das einmal mehr bewiesen. Er war aus der Reihe getanzt. Das galt unter den Menschen als Vergehen und wurde ohne Umschweife bestraft.

Die Besetzung Aronias schritt unaufhaltsam voran. Immer mehr Waldarbeiter kamen. Sie brachten schweres Gerät aus Eisen, Kettensägen, Bulldozer und Harvester. Damit konnte man besonders schnell Bäume fällen und entrinden. Die Stämme wurden auf

riesigen Lastwagen mit langen Anhängern in holzverarbeitende Fabriken transportiert. Eine große Waldfläche war bereits gerodet. Die Arbeiter waren nach einem strengen System organisiert.

Der Rabe Kasimir war von seinem Flug ins Menschenreich zurückgekehrt. Er hatte Knuth Manolitos Brief gebracht. Vor dem Rückflug hatte er sich auf Knuths Balkon noch tüchtig durchfüttern lassen.

Königin Klara beobachtete täglich die Abholzungsaktionen. Mit schwerem Herzen sagte sie in ihrem sicheren Versteck zu Manolito: »Morgen um zwölf Uhr mittags nach menschlicher Zeitrechnung machen die Eindringlinge ihre Pause. Das ist der richtige Zeitpunkt, um anzugreifen. Alle Wächterbienen sollen sich bereithalten. Wenn Kasimir hoch über der Straßenkreuzung auf der Stelle flattert, ist es das Zeichen zum Angriff. Er soll diesen Befehl an alle Mitglieder der stechenden Armee Aronias übermitteln.«

Am folgenden Tag waren noch mehr Waldarbeiter und Kraftfahrer mit ihren Geräten zum Fällen der Bäume zur Stelle. Mit jedem Tag kamen immer mehr und man konnte schon von einer Invasion der Menschen in Aronia sprechen. Alle Paarfüßler waren stets begierig nach materiellem Reichtum und wollten ihren Anteil an den unbeschreiblich großen Holzvorkommen verdienen. Dass sie dafür die Schönheit Aronias zerstören mussten, war ihnen gleichgültig. Als es zwölf Uhr schlug, verstummten die Motorengeräusche und die Menschen setzten sich auf den Boden, um sich in ihrer Pause für die zweite Hälfte des Tages zu stärken. In der baumlosen Wüste wurde es für kurze Zeit ganz still und jeder hing scheinbar seinen Gedanken nach. Doch dann schauten die Arbeiter irritiert in den Himmel.

Plötzlich ertönte ein leises Brummen. Es kam geschwind näher, wurde bedrohlich laut. Eine große, dunkle Wolke teilte sich in der Luft in kleinere Einheiten. Bald waren es viele Wolken. Jede Einheit hatte einen Arbeiter zum Ziel, flog schnurstracks auf ihn zu. Es traf die Paarfüßler völlig unvorbereitet. Ganz plötzlich schien sich ihre Kleidung zu verfärben: Sie wurde dunkel durch tausende Bienen. Die kampfbereiten Stecher entdeckten jede Öffnung, jeden Spalt. Sie suchten die ungeschützten Hautzonen der Menschen. Dort setzten sie ihren Stachel an und spritzen ihren Opfern ihr Gift ins Fleisch. Vor Schmerzen wälzten sich die Eindringlinge auf dem Boden, schrien und jammerten. Wer noch dazu in der Lage war, flüchtete vor den Wächterbienen in die Führerkabinen der Maschinen und Lastwagen, doch die Bienen ließen nicht locker. Das stechende Heer nutzte jeden Eingang, um zum Erfolg zu kommen. Die schwarzen Wolken waren schnell und wendig wie der Wind. Die gespenstischen Gebilde am Himmel verbreiteten große Angst unter den Arbeitern im Kampfgebiet. In Scharen flohen die Waldarbeiter. Doch die schwarzen Wolken verfolgten die Fliehenden und holten sie ein. Ein schwarzer Mantel nach dem anderen senkte sich auf sein Opfer. Unbarmherzig stachen die Wächterbienen zu. Bald glich der Boden einem Schlachtfeld. Unzählige Waldarbeiter lagen auf der dunklen Erde verstreut. Vollgepumpt mit Bienengift waren die Waldarbeiter ohne eine sichtbare Wunde zusammengebrochen. Sie waren tot.

Der Angriff war zu Ende.

18. Kapitel

Die Wehrhaften

Klaras Verteidigungsplan war aufgegangen. Für eine gewisse Zeit kehrte Ruhe ein in Aronia. Doch jeder Aronianer wusste: Dies war die Ruhe vor dem Sturm. Der Kampf war noch nicht zu Ende. Die Paarfüßler würden zurückkehren, für jeden vertriebenen oder getöteten Waldarbeiter und Lkw-Fahrer würden zwei neue kommen.

Die Paarfüßler hatten begriffen, dass dieser erfolgreiche Überraschungsangriff kein Zufall gewesen sein konnte, sondern bewusst organisiert worden war. Aber welche unbekannte Intelligenz konnte so etwas geplant haben? Diese Frage beunruhigte die Paarfüßler.

Königin Klara wusste, dass die nächste Auseinandersetzung zwischen Aronianern und Menschen nicht so widerstandslos ablaufen würde. Aus diesem Grund wurde das gesamte Insektenheer in höchste Alarmbereitschaft versetzt. Dazu gehörten alle Moskitoarten, sämtliche Bestäuber und die räuberisch stechenden Mücken und Fliegen. Auch das kampfbewährte Hornissenheer wurde alarmiert, ebenso wie alle Vogelarten.

Klara, Manolito, Kasimir und Medea blieben in der Nähe des Schlachtfeldes. Die Gerätschaften waren verwaist und stumm als Zeugen des großen Überfalls mit schrecklichem Ende zurückgelassen worden. Wie eiserne Drachen rosteten sie vor sich hin. Kein Paarfüßler wagte, ungeschützt in Aronia einzumarschieren.

Aber die Menschen waren von Natur aus hartnäckig. Selten begruben die Paarfüßler eine Vision. Sie verstanden es, Probleme zu lösen und Entwicklungen voranzutreiben, um ihre nicht immer fairen Ziele durchzusetzen. Aronia, der letzte Kontinent einer unberührten alten Welt, musste erobert werden – koste es, was es wolle. Das neu entdeckte Land musste unterworfen und ausgebeutet werden. Dieser Entschluss stand felsenfest und wurde vom Parlament verabschiedet.

Am Morgen des siebenunddreißigsten Tages im vierzehnten Monat des Jahres zwölftausendsiebenhundertachtundzwanzig nach aronianischer Zeitrechnung ließ plötzlich ein entsetzlicher Motorenlärm die Luft vibrieren. Abgasgestank breitete sich aus. Eine Brigade von Panzern rollte über die neu angelegten Brücken vom Menschenreich nach Aronia. Die Pioniere sollten auskundschaften, ob sich die Gefahr verzogen hatte und keine bösen Überraschungen zu erwarten waren. Ihnen folgten weitere Gerätschaften und Maschinen mit Personal. Ein Teil der Männer machte sich an den stehen gebliebenen Bulldozern, Transportern und Harvestern zu schaffen. Sie sollten, so schnell wie möglich, in Gang gebracht werden.

Alle Menschen trugen weiße Schutzanzüge. Sie hatten sich vorbereitet, um gegen einen neuerlichen Angriff der stechenden Garden gewappnet zu sein. Die Soldaten und Arbeiter trugen runde Helme mit dicht schließenden Visieren. Ihre Haut war unzugänglich und geschützt. Klara machte sich keine Illusionen. Diesmal würden sie dem Feind nicht so klar überlegen sein. Die Menschen hatten gelernt und waren nun bereit, die Eroberung Aronias weiter voranzutreiben.

Das Fällen der alten Bäume ging weiter. Die Baumriesen ächzten und seufzten, bis ihre Kronen unter ohrenbetäubendem Donner auf dem Boden aufschlugen. Die gewaltigen Erschütterungen der stürzenden Stämme waren weithin zu spüren. Die gerodeten Gebiete vergrößerten sich. Wie eine Heuschreckeninvasion fraßen sich die Maschinen weiter in Richtung Osten durch die uralten Wälder. Wenn nicht schnell etwas geschah, würde hier bald nur noch Wüste sein. Und das wollte sich keiner ausmalen.

»Nur gut, dass alle Tiere geflohen sind«, meinte Klara zu Manolito. »Die Aronianer wussten, was ihnen bevorstand.«

Für Klara war es schwierig, eine effektive Verteidigungsstrategie zu entwerfen. Sie machte sich große Sorgen: »Nur mit unseren stechenden Armeen sind wir den Menschen unterlegen. Ich überlege Tag und Nacht, wie wir die Invasion aufhalten können. Eine Möglichkeit sehe ich noch. Doch wenn dieser Plan misslingt, ist Aronia verloren.«

Klara gab einen Befehl aus: »Alles, was fliegen kann, soll im Kampfgebiet erscheinen. Alle Insekten, alle Vögel, Fledermäuse – alles, was die Schwerkraft überwinden kann, wird in der Kampfzone erwartet. Wir müssen sofort handeln.«

Klaras Befehl verbreitete sich in Windeseile über den Kontinent. Noch am selben Tag waren die ersten Insektenschwärme am Himmel zu sehen. Am zweiten Tag kehrten die gewaltigen Vogelscharen zurück, die sich vor der Invasion in den Osten zurückgezogen hatten. Der Zustrom nahm kein Ende, noch aus den hintersten Teilen des Kontinents kamen die Flieger. Drei Tage und Nächte sollte es dauern, bis alle tag- und nachtaktiven Flugtiere zusammengekommen waren. Sie sammelten sich im Blattwerk des noch nicht gerodeten Waldes. Dieser war braun und schwarz von den Körpern der unzähligen verschiedenen Tiere. Für die Menschen jedoch waren sie auf diese Weise fast unsichtbar. Die Überraschung musste bei einem erneuten Angriff wieder auf ihrer Seite sein. Alle Vögel und Insekten hatten dasselbe Ziel. Sie waren bereit, Aronia zu verteidigen.

Der fünfundvierzigste Tag im vierzehnten Monat des Jahres zwölftausendsiebenhundertachtundzwanzig aronianischer Zeitrechnung verlief ganz anders, als es die Besatzungsmacht der Menschen gewohnt war. Die weiten, gerodeten Flächen Aronias glichen einer Mondlandschaft. Wie jeden Morgen machten sich die Männer in ihren weißen Schutzanzügen ans Werk und stapften zu ihren Eisenmonstern. Sie verbarrikadierten sich in den gläsernen Führerkabinen und ließen die lauten, stinkenden Motoren an.

Klara und Manolito dachten bei diesem Anblick an einen fremden Planeten. Sie konnten immer noch nicht glauben, dass die bunte, unvergleichliche Schöpfung so mutwillig zerstört werden sollte. Das war doch ihre Welt! Weshalb nur waren diese zweibeinigen Ungeheuer nicht dazu in der Lage, ihrer Heimat und dem Leben etwas Respekt entgegenzubringen? Mit diesen Gedanken und Fragen im Kopf bereiteten sich Manolito und Klara auf den Kampf vor.

Die Sonne stand schon ein gutes Stück über dem Horizont, die Metallmonster waren wieder an der Arbeit und fraßen sich durch die grüne Lunge Aronias. Da hob ein lautes, tiefes Summen und Rauschen an. Viele Millionen Flügel bewegten die Luft. Ungeheure Staubwolken wirbelten auf. Vom Boden stieg etwas Dunkles empor. Wie ein monströses Gespenst wölbte es sich über das zerstörte Gebiet von Aronia. Es war ein unermesslicher, dunkler Teppich aus Vögeln und Insekten, er verdunkelte die Sonne. Die Finsternis und die wirbelnde Luft raubten einem den Atem. Die Scheinwerfer der Maschinen waren mit Insektenscharen bedeckt, ebenso die Scheiben der Führerkabinen. Auch die Visiere der Arbeiter waren von Insekten besetzt. Die Arbeiter konnten nichts mehr sehen, alles war dunkel. Der Staub vermischte sich mit der Armee der Flieger zu einer undurchdringlichen Masse. Die Tiere waren zu allem bereit.

Das Zerstörungswerk wurde gestoppt, die Maschinen wurden abgestellt. Nur noch das Flattern der Vögel und das Brummen der Insekten waren zu hören. Gleich einer riesigen Amöbe waberte das schwarze Ungetüm über die geschundene Gegend, verdeckte die große Wunde Aronias. Es war ständig in Bewegung und veränderte seine Konturen. Es war hartnäckig und intelligent und kannte nur das eine Ziel: die Verwüstungen in Aronia zu stoppen. Schon hatte es die Zerstörung lahmgelegt. Unter ihm lagen eingeschlossen die Arbeiter mit ihren mächtigen Eisenmonstern.

Klara und Manolito saßen in sicherem Abstand zum Kampfgeschehen auf ihrem Beobachtungsposten. Kasimir hatte sich zur Verteidigungsarmee geschlagen, ebenso Medea. Die Flieger in der Masse befanden sich in stetigem Austausch. Von außen kamen ständig neue Geschwader angeflogen, um die Position derer im Inneren einzunehmen. So konnte sich die lebende Dunkelheit ständig erneuern. Die Tiere, die ihren Dienst verrichtet hatten, ruhten sich für ihren nächsten Einsatz in den angrenzenden Wäldern aus.

»Wir werden diese Stellung nicht ewig halten können«, sagte Klara zu Manolito. »Doch so lange es geht, halten wir aus. Die Zerstörung Aronias können wir dadurch vorläufig stoppen, doch die Haltung und die Absichten der Menschen können wir nicht ändern. Die Paarfüßler werden sich immer wieder etwas einfallen lassen. Wir müssen uns wappnen für den Gegenschlag.«

Klara beschlichen düstere Zweifel. »Wie sollen die Menschen Frieden mit der Natur und ihren Mitgeschöpfen halten? Sie sind ja nicht einmal dazu fähig, in Frieden miteinander zu leben? Keine Art im Tierreich ist so feindselig und kriegslüstern, selbst gegen die eigene Spezies, wie der Mensch. Es ist eigentlich ein Wunder, dass die Menschen sich noch nicht selbst ausgerottet haben, wenn man die vielen schrecklichen Kriege betrachtet, die sie im Verlauf ihrer Geschichte gegeneinander geführt haben. Ich denke, der Mensch ist resistent gegen das Lernen. Unaufhörlich muss er die immer gleichen Untaten wiederholen.«

Manolito antwortete: »Vielleicht ist der Mensch einfach ein Fehler im Schöpfungsplan. Wie er sich verhält, passt er so gar nicht hinein. Mir scheint, er hat nichts verstanden, obwohl er so viel wissen könnte.«

»Ja, weise ist er wohl nicht«, stimmte Klara zu.

»Ach, Klara, ich bewundere dich für deine Sicht der Dinge«, entgegnete Manolito. »Ich habe so viel von dir gelernt. Als Proband in diesem Institut, aus dem ich geflohen bin, war ich auf dem besten Wege, völlig abzustumpfen und zu verblöden. Und jetzt sitzen wir hier und kämpfen gegen eine Übermacht von bösen Dämonen, die uns Aronia nehmen und zerstören wollen! Das hätten wir uns auch nicht träumen lassen, als wir uns damals auf Knuths Balkon zum ersten Mal getroffen haben, was?«

Kasimir kam angeflogen. »Es war eine gute Idee von dir, Klara, auf diese Weise die Rodungen zu stoppen! Aber lange hält man es in dem engen, wabernden Haufen nicht aus. Ich habe gerade eine Pause in meinem Horst eingelegt. Von dort habe ich dir einen Brief von Knuth mitgebracht, Manolito.«

»Das ist sehr freundlich von dir, Kasimir«, bedankte sich Manolito. »Ich habe noch eine Frage an dich. Weißt du, wie es der Grasmücke Mathilde geht? Wie kommt sie voran auf ihrem Weg zum Berg Aldin Palkap auf der anderen Seite der Welt?«

Kasimir antwortete: »Es ist mir nichts Besonderes zu Ohren gekommen. Wir können wohl davon ausgehen, dass Mathilde den Edelsteinberg in absehbarer Zeit erreichen wird. Dramen haben wir zurzeit auch wirklich mehr als genug.«

Beruhigt begann Manolito, den Brief zu lesen:

Lieber Manolito,

Ich hoffe, es geht Dir gut. Was Du über das Erdbeben geschrieben hast, hat mich ziemlich beschäftigt. Durch die Erschütterungen sind nicht weit von hier, östlich der Stadt, große Erhebungen eingestürzt. Dahinter hat man Gebiete entdeckt, von deren Existenz man bisher nichts wusste. Diese wollen sie jetzt in Besitz nehmen, ohne zu wissen, wem sie gehören. Ich kann das überhaupt nicht gutheißen und finde ein solches Verhalten unmöglich. Zunächst müsste man doch untersuchen, ob diese Landstriche nicht schützenswert sind, wie die Natur dort beschaffen ist und welche Arten dort leben. Das könnte den Menschen nützlicher sein als das Abholzen der Waldbestände. Ihre Gier ist größer als ihre Vernunft.
Noch etwas: Der Tankwart der Tankstelle, an der ich Herrn Megelein oft getroffen habe, hat mir erzählt, Herr Megelein sei in die Irrenanstalt eingeliefert worden. Ob er wohl jemals wieder herauskommt? Du brauchst Dich jedenfalls nicht mehr vor ihm zu fürchten.

Dein Freund Knuth

P.S.: Werden Du und Klara eigentlich irgendwann einmal heiraten?

Manolito begann lauthals zu lachen und Klara fragte: »Was gibt es zu lachen in so finsteren Tagen?«

»Stell dir vor, Knuth fragt, ob ich dich irgendwann heiraten werde«, antwortete er.

Da fing auch Klara so zu lachen an, dass ihr ganzer Leib auf ihren sechs Beinchen vibrierte. »Sag, Manolito«, kicherte sie, »weiß Knuth nicht, dass ich eine Hummel bin?«

»Nein, ich habe es ihm nie geschrieben«, erklärte Manolito. »Er würde mir nicht glauben, dass ich mit einer Hummelkönigin durch Aronia reise.«

Klara fand das sehr komisch und lachte weiter. Hätte jemand die beiden in ihrem Versteck beobachtet, er hätte sich sicher sehr über diese Fröhlichkeit gewundert.

Da kam Medea angesegelt, völlig erschöpft vom Dienst bei der Verteidigung Aronias. »Puh, das ist kaum auszuhalten in diesem engen Schwarm. Dunkel ist es dort, staubig und laut, ein rastloses Brummen und Flattern – ein stickiger, wabernder Riesenknödel. Ihr scheint ja Spaß zu haben hier, was gibt es denn zu lachen?«

Als Manolito Medea den Brief gezeigt hatte, begann auch die Fledermaus zu kichern. Es klang wie ein sonderbares Zischeln und Hüsteln. So hatten alle eine kleine Verschnaufpause von ihren Sorgen.

19. Kapitel

Aronia steht zusammen

Die Arbeiter blieben in der dunklen Wolke eingesperrt. Es war unmöglich, die gläsernen Führerkabinen an den Monstergeräten zu verlassen. Auch die Sägearbeiter auf dem freien Feld suchten dort nach dem Angriff Schutz. Die Arbeiter saßen wie Sardinen in den engen Räumen. Auch unter den Maschinen kauerten die Besatzer.

Die Wolke wurde die ganze Nacht aufrechterhalten. Die Menschen mussten vom Licht abgeschnitten werden. Damit war auch ihre Orientierung ausgeschaltet, sie waren hilflos. Die tagaktiven Vögel orientierten sich an den nachtaktiven und umgekehrt, je nach Tageszeit. Der riesige Organismus befand sich in ständigem Austausch. Die Tiere im Inneren flogen nach außen und die äußeren wieder nach innen. Alles war in ständiger Bewegung.

Im Menschenreich wurde es unruhig. Aus der Ferne dröhnte Motorenlärm. Die Paarfüßler schienen sich hektisch auf etwas vorzubereiten. Der Verkehr über die Verbindungsbrücken nahm zu. Manolito und Klara machten sich große Sorgen, als sie die neuerlichen menschlichen Truppenbewegungen nach Aronia beobachteten. Was würde geschehen? Was hatte sich die Generalität des Menschenheeres ausgedacht?

Unzählige schwer gepanzerte Schutzfahrzeuge zogen auf. Lange schwarze Schläuche wurden abgerollt. Hunderte von Männern in Schutzanzügen formierten sich um die dunkle Wolke und zielten mit den dicken Schläuchen auf die lebende Masse. Mit gewaltigem Druck schossen Wasserkaskaden auf die Vögel und Insekten. Tausende kamen zu Tode. Es dauerte nicht lange, bis sich ein Teil der schwarzen Wolke ablöste und sich in rasender Geschwindigkeit auf die Feuerwehrmänner und Fahrzeuge zubewegte. Millionen von Insekten setzten sich auf die Anzüge und Schutzvisiere. Sobald die Männer die Sicht zurückgewonnen hatten, kamen sofort neue Schwärme und machten sie wieder blind. Auch die Fahrzeuge wurden von Insekten eingehüllt. Sofort waren alle Menschen von Insekten umschlossen. Die meisten Schläuche fielen zu Boden, das Wasser strömte unkontrolliert auf den Boden, die Wassertanks in den Fahrzeugen liefen leer. Die große Wolke schloss sich erneut, damit kein Licht durchdringen konnte. Die Tiere hatten auch diesen Angriff abgewehrt, der Widerstand hatte jedoch unzählige Opfer gefordert.

Mit dieser Art der Verteidigung hatte das Menschenheer nicht gerechnet. Auch wenn der Aufwand gewaltig war: Es war gelungen, das sinnlose Menschenwerk in Aronia aufzuhalten. Für wie lange, war eine andere Frage. Aronia atmete auf und mit ihm seine Bewohner. Doch die Lage blieb angespannt. Die Paarfüßler würden sich nicht geschlagen geben. Sie würden alle ihnen zur Verfügung stehenden Mittel einsetzen, um ihr Werk und ihre Absichten in Aronia umzusetzen.

Die Paarfüßler hatten die Natur und ihre Bewohner unterschätzt. Die Natur brauchte die Menschen nicht, sie konnte gut ohne die Paarfüßler überleben. Die Menschen hingegen konnten nicht ohne die Natur existieren. Die vier Elemente, Luft, Wasser, Feuer und Erde, waren fundamental und lebenswichtig für alle Lebewesen, die Menschheit eingeschlossen. Doch Vernunft und Einsicht gehörten nicht zu den wichtigsten Tugenden im Menschenreich.

Am Nachmittag des neunundvierzigsten Tages im vierzehnten Monat des Jahres zwölftausendsiebenhundertachtundzwanzig nach aronianischer Zeitrechnung zitterte die Erde erneut. Mächtige Panzer bedrohten Aronia. Kanonenrohre wurden ausgefahren.

Die Brigade war ein Teil der Artillerie. Donnernde Kettenfahrzeuge postierten sich in großer Zahl um die riesige lebende Wolke. Allen war klar, dass die Angreifer keinen Gebrauch von ihren Schusswaffen machen würden. Die Soldaten hätten ihre eigenen Männer in der Wolkenmasse erschossen. Dennoch standen die Panzer Fahrzeug an Fahrzeug, eine schier endlose Kette. Stumpf glotzten die Eisenmonster auf die lebende Wolke. Langsam wurde es kalt, der Abend kündigte sich an. Die Motoren der Kettenfahrzeuge waren abgestellt. Es war still in der Kampfzone. Weiße Nebel zogen auf. Neugierig schob sich der Mond am Himmel höher. Traurig entfaltete sich die Nacht.

Am nächsten Morgen weckte die Sonne mit ihren Trost spendenden Strahlen Aronia aus schwerem Schlaf. Vielleicht war es das erste Mal, dass in Aronia zu solcher Stunde kein Vogel sang. Manolito und Klara saßen auf ihrem Beobachtungsposten. Sie wussten, heute würde eine Entscheidung fallen. Schwer lastete die Ungewissheit auf ihnen, als plötzlich ein schrecklicher Donner die ganze Gegend erbeben ließ. Darauf folgte ein zweiter, ein dritter Donnerschlag. Die gesamte Kampfzone war in Gelb getaucht. Die Atemluft verwandelte sich in eine lebensfeindliche Gaswolke.

Blitzartig löste sich die gewaltige lebendige Masse auf. Millionen Vögel und Insekten stoben in Panik auseinander. Auch Manolito und Klara kletterten, so schnell sie konnten, auf Medeas Rücken und ergriffen die Flucht. Sofort flog die Fledermaus los, Kasimir folgte ihr. Alle Tiere versuchten verzweifelt, ihr Leben zu retten. Die Augen der Vögel und Insekten brannten, das Atmen fiel ihnen schwer.

Die Menschen hatten zu einem Mittel gegriffen, das aus dem finstersten Winkel menschlicher Grausamkeit kam: Aus den Kanonenrohren schleuderten sie Giftgasbomben auf die tierische Wolke – ein Gift, das Atemorgane und Augen der Tiere verätzte. In alle Richtungen schossen die orientierungslosen Tiere davon. Jeder Vogel, jedes Insekt war nur noch bestrebt, das eigene Leben zu retten.

Mit einem Angriff dieser Art hatte niemand gerechnet. Jedes Herz verstummte vor solcher Kälte. Es waren Millionen Opfer zu beklagen. Der Boden war schwarz von den Toten. Noch lange hingen in der Dämmerung giftig gelbe Schwaden über der Todeszone. Endlich brauste ein Windstoß aus dem Osten heran. Er blies die Todeswolke nach Westen ins Menschenreich zurück, dorthin, woher sie gekommen war.

20. Kapitel

Ein Besuch in der Nacht

Die Völker Aronias befanden sich auf dem Rückzug. Königin Klara und ihre Begleiter – Manolito und Klara auf Medea, etwas hinter ihnen Kasimir – flogen in die südlichen Wälder Aronias. Hinter ihnen lag die Katastrophe, Kummer und Sorge begleiteten sie.

Nie waren die Wälder entlang der Grenze zum Menschenreich so stumm und ausgestorben gewesen wie jetzt. Alle Lebenden waren in den Osten gezogen. Nur das sorgenvolle Wispern und Rauschen der Bäume war noch zu hören. Weit oben, in der Asthöhle eines alten Baumriesen, fand die Gruppe einen Ruheplatz. Medea bevorzugte die Höhlen über der Erde, Klara liebte die in der Erde, Kasimir wiederum Unterschlupfe in den Bäumen. Manolito war es gleich, er mochte es einfach trocken und weich.

Kasimir hielt sich etwas außerhalb der Gruppe, er war nach wie vor für die Übermittlung von Informationen zuständig.

Klara saß bekümmert am Rande des Höhleneingangs und ließ ihre Flügel und Fühler so weit hängen, dass Manolito ihr Mut zusprechen wollte.

»Du hast alles getan, was in deiner Macht stand«, versuchte Manolito sie zu trösten. »Das Glück war nicht auf unserer Seite. Aber ich weiß genau, dass wir noch nicht am Ende sind. Wir dürfen nicht aufgeben. Wir werden noch eine Chance bekommen, ich bin mir sicher.«

Klara dachte nach. »Wir müssen die Menschen wachrütteln. Sie müssten mit einer Bedrohung konfrontiert werden, die sie von ihrem Ziel, Aronia zu zerstören, ablenkt. Es müsste sich etwas ereignen, an dem die Menschen sich entwickeln könnten. Denn Rache ist keine Lösung. Gewalt erzeugt Gegengewalt – eine Spirale gegenseitiger Vernichtung.«

»Du bist sehr optimistisch, meine liebe Klara. Ob das gelingen wird?«

»Es wäre zumindest ein Plan, eine hilfreiche List«, erwiderte Klara. »Die Hoffnung darf man nie begraben, sie stirbt zuletzt. Aber wir brauchen den Meister des Windes, auch wenn unsere Mission beim letzten Mal erfolglos war. Wir müssen noch einen Versuch wagen. Es muss uns gelingen, den Wind in unsere Pläne einzubeziehen. Im schlimmsten Fall müssen wir ihn zwingen.«

Manolito war skeptisch. »Aber wer könnte die heikle Aufgabe übernehmen, nochmals mit ihm in Verhandlungen zu treten? Philomena hat beim ersten Versuch ihr Leben gelassen. Und auch uns ist es nicht gelungen, er hat uns unwirsch abgeschmettert.«

Während sie noch über einer Lösung brüteten, schritten die Zerstörungen in Aronia fort. In Richtung Südosten fraßen sich die Eisenmonster ungehindert in die unberührte Natur hinein. Gierig, hungrig, unersättlich wälzten sich die Metallbestien voran.

Die Schmerzen der Natur waren gewaltig. Ihr Stöhnen war bis ins Elfenreich zu hören. Die Wunde klaffte bis an den Rand der Zone, die das Reich der Elfen durch einen Magnetgürtel vom Rest Aronias trennte. Die Kundschafter des Menschenreichs hatten bereits die großen, einmaligen Holzvorkommen im Elfenwald entdeckt. Mit Feldstechern, Sonden und anderen Spezialgeräten war es den Paarfüßlern möglich, zu entdecken, was die bloßen Augen nicht wahrnehmen konnten. Die Menschen hatten auch keinen Respekt vor dem Elfenreich. Die Paarfüßler ersannen den Plan, den Magnetgürtel durch das Ableiten von Sonnenstürmen wirkungslos zu machen. Sie wollten an die gigantischen Baumriesen herankommen, die bis auf das Ende der Eiszeit zurückgingen.

Klara, Medea und Manolito verbrachten die Nacht in der Asthöhle weit über dem Boden. Lange noch hatten sie beratschlagt, erwogen, beschlossen und wieder verworfen, wie das diplomatische Kunststück gelingen könnte, den Wind dazu zu bringen, an der Seite Aronias zu kämpfen. Als die Sonne am Horizont versunken war, zog endlich der Schlaf in die Asthöhle ein.

Durch das Astloch blickte Manolito in den Nachthimmel. Die Mondsichel leuchtete spärlich durch die dichten Zweige in das Schlafgemach. Kein Kauz, kein Uhu, nichts war zu hören außer dem Rauschen des Windes, der seinen Weg durch die Blätter suchte. Plötzlich verdunkelte sich der Himmel. Vor dem Höhleneingang rauschten zwei mächtige

Flügelpaare. Es musste ein großer Vogel sein, der sich dort in der Dunkelheit niedergelassen hatte. Auf keinen Fall war es Kasimir, sein Flügelschlag war viel leiser. Endlich sah Manolito das Gesicht eines schwarzseidenen Vogels blitzen. Es füllte den gesamten Höhlenausgang. Feurige Augen blickten Manolito an. Sie verbreiteten in der Höhle ein unheimliches Licht.

Der Vogel sprach zu Manolito: »Du kennst mich. Ich habe dir den Weg aus dem Höhlenlabyrinth in die Freiheit gezeigt. Die Elfen senden mich. Warum hast du nicht an mich gedacht bei euren Überlegungen, wie ihr den Wind um Hilfe bitten könntet? Ich werde diese Aufgabe übernehmen – für euch, für Aronia und für das Elfenland. Gleich morgen will ich mich auf den Weg machen. Wundert euch nicht darüber, was geschehen wird. Es wird nicht leicht, die Aufgabe lastet schwer auf meinen Flügeln.«

Der Phönix erhob sich und flatterte davon. Seine Schwingen loderten wie Feuer, bis die Nacht ihn verhüllte. Er hinterließ eine Wolke aus Sternenstaub.

Manolito erwachte aus seinem Traum. Er erinnerte sich: Der Besuch des Phönix hatte sich auf die gleiche Weise ereignet, wie er es bereits erlebt hatte. Der Kristall, den Manolito in jener Nacht im Elfenpalast von dem Phönix erhalten hatte, fühlte sich heiß an auf seiner Brust. Im Vorraum der Höhle lag tatsächlich goldener Sternenstaub. Noch nie hatte Manolito seinen Helfer in der Not mit wachen Augen gesehen.

Als Klara und Medea am nächsten Morgen erwachten, wunderten sie sich über das Gold am Eingang der Höhle. Die Morgensonne ließ den Sand in tausend Facetten glitzern. Manolito erzählte ihnen, was in der vergangenen Nacht geschehen war.

Die Sonnenstrahlen versprachen einen unvergleichlichen Tag. Man hätte sich freuen können, wenn auf dem Wald nicht eine so gespenstische Stille gelegen hätte. Aber Manolito und Klara wussten jetzt: Phönix hatte seine Reise in den Nordosten des Kontinents angetreten. Als Vertreter des Elements Feuer würde er die Strecke schneller hinter sich bringen, als es einst Manolito und Klara gelungen war. Noch nie in der Geschichte Aronias war ein Vertreter des Feuers zum Meister des Windes gereist. Die Aronianer wussten, dass ihre Zukunft auf dem Spiel stand. Gewaltige Veränderungen warfen ihre Schatten voraus.

Die Sonne zeigte sich nicht lange. Bald zogen mächtige Wolken auf. Der Tag verwandelte sich in eine lange Dämmerung. Lautlos verbreitete sich das Gewölk. Der Blick zum Himmel ließ einen erschaudern, die Landschaft versank in Düsternis.

Inzwischen hatte Phönix den Meister des Windes erreicht. Dieser jedoch weigerte sich erneut, Aronia beizustehen. Ein Kampf stand unausweichlich bevor. Die Gegner waren sich einig: Der Stärkere würde bestimmen. Wer unterlag, musste sich unterwerfen.

Der Himmel wurde zum Kriegsschauplatz. Die Elemente wappneten sich. Der Mantel der Nacht breitete sich über das Menschenreich und den Kontinent Aronia, er verfinsterte die Meere. Gewaltig prallten die Kräfte aufeinander. Ein kosmisches Orchester schrecklicher Klänge erschütterte den Äther. Dunkle Wolkenmassen schossen von Ost nach West und von Nord nach Süd. Feuer fiel in die Nacht und Blitze zuckten bis hinter den Horizont. Von Stürmen gepeitscht, fuhren feurige Ströme in Kurven und Spiralen in die Unendlichkeit des Himmels. Feuerkaskaden versanken in den Ozeanen. Die Meere sandten endlosen Donner zurück. Wind und Feuer, diese beiden mächtigen Elemente, kämpften gegeneinander.

Über den Wolken war der Mond Zeuge des Weltenkampfs. Im kühlen Licht wurde das unheilvolle Geschehen zum gespenstischen Inferno. Der Anblick glich einem tosenden Meer, das sich, wild geworden, aufbäumte und in eine alles verschlingende Weltenwoge verwandelte. Feuerstürme zerteilten das mächtige Gebilde, um sich von Neuem zu erschaffen. Das Feuer am Firmament wälzte sich gegen den großen Widerstand des Windes nach Norden. Unbändige Hitze drängte gewaltige Wolken dem Pol entgegen. Die alles verdrängende Gewalt leuchtete grell, eine Weltenfackel im Inferno des Kampfes. Funkenmeere fielen in die Unendlichkeit. War dies das Ende der Welt oder die Geburt eines neuen Himmels?

Die Macht des Feuers hatte den Wind entwaffnet. Phönix hatte den Kampf für sich entschieden. Nun konnte er seinen Befehl erteilen, er handelte im Auftrag der Elfen und Aronias: Von nun an würde der Wind die eisigen Luftmassen aus dem Norden der Halbkugel in den Süden treiben, das Menschenreich mit lebensfeindlicher Kälte überziehen. Kein Gebiet würde verschont bleiben. Die von den Menschen bewohnten Kontinente mussten sich auf eine gewaltige Veränderung einstellen. Alles befand sich im Wandel, nichts stand still, wie es der Plan des Universums vorsah.

Vierter Teil

21. Kapitel

Die Verwandlung

Die Nachricht vom Kampf der Elemente und dem Sieg des Phönix verbreitete sich in Windeseile überall in Aronia. Die Freude war unbeschreiblich. Man fasste wieder Hoffnung, dass die Menschen sich mitsamt ihren Eisenmonstern in absehbarer Zeit zurückziehen würden.

Manolito nahm den kleinen Zettel, den er mit Knuths letztem Brief erhalten hatte, und schrieb ihm eine Nachricht:

Lieber Knuth,

wir erleben hier einen wunderbaren Sommer. Ich hoffe, Du kannst ihn auf Deinem Balkon genießen. Für welche Pflanzen hast Du Dich in diesem Frühling entschieden? Wann bringst Du Dein erstes Buch heraus? Du hättest dafür bestimmt schon genügend Geschichten. Ich bin sehr neugierig darauf, denn mittlerweile interessiere ich mich auch für andere Erzählungen als die aus dem Elfenbilderbuch. Du erinnerst Dich, es war das erste Buch, das ich gelesen habe. In der Brandnacht ist es damals von den Flammen gefressen worden. Hier gibt es leider keine Bücher, aber ich lasse mir dafür vom Leben erzählen, und das hatte bisher sehr spannende Geschichten zu bieten.

Über eine Hochzeit haben Klara und ich nie nachgedacht, wir werden sicher nicht heiraten. Wir sind doch sehr verschieden. Aber oft ist eine gute Freundschaft für ein zufriedenes Leben doch mindestens ebenso viel wert wie eine Liebesbeziehung.

Ich habe in der Natur Beobachtungen gemacht, die einen sehr frühen Wintereinbruch erahnen lassen. Wie es scheint, soll er diesmal besonders brutal und hart ausfallen. Die Mäuse drängen schon in die Häuser. Die hamsternden Tiere lagern bereits besonders große Nahrungsvorräte ein. Auf Hinweise dieser Art kann man sich immer verlassen.

Ich würde Dir raten, viel Heizmaterial heranzuschaffen und das Holz auf dem Balkon zu stapeln. Jetzt im Sommer ist es ohnehin billiger. Auch ausreichend Vorräte solltest Du in der Wohnung haben sowie warme Kleidung, Handschuhe, Stiefel usw.

Klara und mir geht es gut. Wir haben stürmische Zeiten hinter uns und hoffen, es wird bald beschaulicher. Unsere großen Flugreisen sind weniger geworden. Im Alter wird man einfach etwas ruhiger. Ja, ich weiß, ich bin noch jung, das war nur ein kleiner Scherz.

Lass es Dir gutgehen, ich denke an Dich,

alles Liebe,

Dein Manolito

Die Menschen ahnten noch nichts davon, was ihnen bevorstand. Noch fraßen sich die Eisendrachen ungehindert weiter in die aronianischen Waldgebiete hinein. Doch allen Bewohnern dieses Landes war klar, dass die Feinde Aronias sich bald mit einem anderen Kriegsschauplatz würden beschäftigen müssen. Das Menschenreich konnte nicht an zwei Fronten kämpfen.

Sorgenvolle Wochen lagen hinter Klara und Manolito. Langsam begannen beide, sich zu entspannen. Medea, Klara und Manolito residierten noch immer oben in der stillen Baumhöhle, während Kasimir mit dem Brief an Knuth in Richtung Westen unterwegs war.

Schon waren kalte Luftströme auf dem Weg ins Menschenreich. Die drei warteten in ihrer Baumhöhle auf die ersten Donnerschläge der Gewitter. Diese kündigten das Eintreffen extremer Kaltluft im Menschenreich an.

In den Grenzwäldern Aronias zum Menschenreich konnte man ebenfalls Veränderungen beobachten. Medea hatte bei ihren Jagdzügen des Nachts wieder einige ihrer Artgenossen getroffen, etliche Tiere waren auf dem Rückweg in ihre westlichen Heimatgebiete. Die Fledermäuse gehörten zu den ersten. Es würde nicht lange dauern, bis auch die Vierbeiner wieder zurück in den Grenzwäldern wären. Jeder hier wusste bereits, dass sich die Menschen nicht weiter in Aronia ausbreiten würden.

Keiner der Paarfüßler konnte sich bislang vorstellen, wie kalt die Zukunft werden würde.

Manolito dachte sehr viel an Knuth.

»Ich hoffe, dass Knuth sich eilig auf den kommenden Winter vorbereitet und beherzigt, was ich ihm geraten habe. Über die Menschen wird eine harte Zeit kommen. Knuth tut mir leid.«

»Sehr häufig trifft es auch die Falschen«, entgegnete Klara. »Vom Leben darf man keine Gerechtigkeit erwarten.«

Medea kehrte von ihren Jagdzügen in der Dämmerung zurück und erzählte, es seien auch wieder mehr Insekten zu finden. Sie war in den letzten Wochen sichtlich abgemagert. Die Insektenschwärme, von denen sie sich ernährte, waren in den Osten gewandert.

Am einundzwanzigsten Juni des Jahres nach menschlicher Zeitrechnung erwarteten die Menschen den Beginn eines schönen Sommers. Die Bäume hatten nur spärlich Früchte angesetzt. Die aronianischen Bienen hatten sich infolge der Besetzung ihrer Heimat geweigert, die Obstplantagen zu befruchten. Aber das Gemüse in den Gärten der Menschen stand prächtig. Auch das Korn auf den Feldern versprach reiche Ernte. Das Jahr zeigte sich spendabel. Die Natur war dabei, die ausgebrachte Saat um das Hundert- und Tausendfache zu vermehren. Das genügte den Menschen aber nicht. Es sollte noch mehr geerntet werden. Aus diesem Grunde wurden Fungizide und Pestizide und andere Giftmischungen gegen Schädlingsbefall ausgesprüht. Auch wenn die Menschen sich damit selbst vergifteten, war ihnen das Geld doch wichtiger als ihre Gesundheit.

Dennoch hatte sich die Natur viele Jahre großzügig gezeigt und die Menschen reichlich beschenkt. Niemand musste hungern, es gab Nahrung im Überfluss.

Doch in diesem Sommer kam es anders, als die Menschen es erwartet hatten. Die Tage waren angenehm warm gewesen, bis sich am Abend jenes Tages im Juni ein kräftiges Gewitter entwickelte. Dieses überzog weite Teile des Kontinents. Es donnerte und regnete die ganze Nacht hindurch. In den starken Regen mischten sich Hagelkörner. Sie wurden so groß, dass es für die Menschen gefährlich wurde. Niemand konnte es wagen, auf die Straße zu gehen, es bestand die Gefahr, erschlagen zu werden. Das Eis, das aus den Wolken fiel, richtete gewaltige Schäden an. Auf den Parkplätzen wurden die Autos der Menschen, ihr wichtigster und liebster Besitz, zertrümmert – wohl dem, der eine Garage hatte. Das Eis häufte sich auf den Straßen, zum ersten Mal überhaupt mussten im Sommer Schneepflüge eingesetzt werden.

Der Meister des Windes hatte nach seinem verlorenen Kampf von Phönix den Befehl erhalten, die kalten Luftmassen aus dem Nordmeer in den Süden zu blasen. Aber der warme Sommer im Menschenreich wollte sich nicht von der Kälte verdrängen lassen. Die kalten Luftströmungen rieben sich mit den warmen Luftmassen. Das schreckliche Gewitter, das daraus entstand, vertrieb den Sommer schließlich doch aus dem Menschenreich.

Um nicht zu frieren, waren die Paarfüßler gezwungen, ihre Winterbekleidung aus den Schränken zu holen. Schals, dicke Mäntel, Pullover und Handschuhe wurden hervorgekramt. Am folgenden Tag fing es an zu schneien. In großen Flocken fiel der Schnee aus dunklen Wolken. Er blieb auf den Straßen, den Dächern und in den Gärten liegen. Blumen, Felder, Gemüsebeete, Obstbäume – alles wurde von Schnee bedeckt. Innerhalb weniger Tage legte sich ein großes, weißes Tuch über das Menschenreich. Die Straßen mussten vom Schnee geräumt werden, auch von den Dächern wurde der Schnee geschaufelt. Es gab sehr viel Arbeit im Menschenreich. Brennmaterial und Öl mussten herbeigeschafft werden, um die Wohnungen beheizen zu können. Der Schnee hörte nicht auf, vom Himmel zu fallen. Mit jedem Tag, mit jeder Woche wuchs die Schneedecke.

Seit Beginn der Wetteraufzeichnungen im Menschenreich hatte es keinen Wintereinbruch im Sommer gegeben. Bei den Paarfüßlern gab es nur noch ein Thema, und das war der Schnee. Im Radio und in den Fernsehnachrichten wurden täglich die aktuellen Schneehöhen durchgegeben. Die Wetterpropheten standen hilflos vor ihren Wetterkarten. Sie wussten sich keinen Rat. Jeden Tag mussten sie die Hoffnungen der Zuschauer auf ein Ende des Wintereinbruchs aufs Neue zerstören. Die Meteorologen gaben Tag für Tag die gleichen Erklärungen ab: »Kalte Luftmassen aus dem Norden schieben sich unter dem Einfluss eines aus nordöstlicher Richtung wehenden Windes weiterhin über den südlichen Kontinent. Diese Wetterkonstellation verursacht neue Schneefälle.« So verlief der kalendarische Sommer im Menschenreich.

In Aronia kam es, wie Königin Klara vom Neptunfeld es weise vorausgesagt hatte. Die Menschen hatten alle Hände voll damit zu tun, die Klimakatastrophe zu überstehen. Die

Arbeiter wurden samt ihren Maschinen und Monstersägen aus Aronia abgezogen. Jeder Mann wurde zur Bewältigung der Schneemassen gebraucht. Ein endloser Tross wälzte sich langsam unter lautem Getöse zurück in den Westen.

Von Aronia aus konnte man an der Stelle, an der die Wasserwand eingestürzt war, die Wetterkatastrophe im Menschenreich mit ihren Schneestürmen erkennen. Über die Verbindungsbrücken legte sich eine dicke Schneedecke. Sie wurde von den zurückkehrenden Maschinen und Lastkraftwagen festgefahren, wodurch eine dicke Eisfläche entstand. Direkt an der Grenze Aronias endete das Eis. Der Einfluss der Kaltluft reichte im Süden exakt bis zu der Wasserwand.

Manolito, Klara und Medea entschlossen sich dazu, in den Norden Aronias zu fliegen. Sie wollten Zeugen des Rückzugs der Invasoren sein. Klara und Medea hatten noch nie Schneetreiben gesehen, sie waren besonders neugierig darauf.

»Mein Gott, ich habe den Schnee immer in meiner Höhle verschlafen«, sagte Klara.

Manolito kannte Schnee schon aus der Zeit, die er mit Knuth verbracht hatte. »Du hast nichts versäumt. Mir fehlt der Winter in Aronia nicht. Ich bin froh, dass es hier warm ist und ich keine dicke Kleidung tragen muss.«

Kasimir kam angeflattert. Er hatte ein Antwortschreiben von Knuth im Schnabel.

Manolito sagte: »Ich ahne schon, was Knuth in seinem Brief berichtet.«

Lieber Manolito,

danke für Deinen letzten Brief. Deine Ratschläge waren hilfreich. Du hattest recht.
Der Winter ist mitten im Sommer über uns hereingebrochen. So etwas habe ich noch nie erlebt. Ich musste daran denken, wie ich im letzten Winter mit Dir auf dem Balkon stand und Du zum ersten Mal die Schneeflocken bewundert hast.
Ich habe mich mit Lebensmitteln, Konserven, Reis, Haferflocken, Kartoffeln usw. eingedeckt und mich auf einen langen Winter vorbereitet. Meine Nachbarn waren gleichgültig und wollten mir nicht glauben. Jetzt muss ich ihnen aushelfen, oft sitzen sie hier und wärmen sich in meiner winzigen Wohnung auf. Dann ist es besonders gemütlich und ich bin nicht so allein. So rücken die meisten Menschen in der Not zusammen. Das ist die gute Seite der Medaille.
Die Lebensmittel sind knapp und sehr teuer geworden, sie werden rationiert. Im Land wurde die höchste Stufe des Notstands ausgerufen. Die Autos sind völlig eingeschneit.

Beim Schneeräumen sind alle Geräte steckengeblieben. Kein Schneepflug kam mehr voran. Inzwischen reicht der Schnee bereits bis zum zweiten Stock. Die Leute, die auf der ersten Etage wohnen, leben in ständiger Dunkelheit. Langsam entwickeln wir uns zu einer Art Höhlenvolk wie die Maulwürfe. Mit meiner Dachwohnung ganz oben, wird es bei mir noch eine Weile dauern. Wie gut, dass ich damals in die billigere Wohnung umgezogen bin. Du kennst sie noch nicht. Meine Freunde beneiden mich darum.

Die Blumen auf dem Balkon, die ich im Frühling gepflanzt habe, sind leider erfroren.

Ich versuche, den Balkon freizuhalten, und schaufle jeden Tag den Schnee hinunter.

Die Meteorologen sagen, die Wetterlage sei stabil und es würde sich in absehbarer Zeit nichts ändern. Ich weiß nicht, wie es weitergehen soll. Viele Menschen sind krank.

Die Supermärkte sind ausverkauft. Viele Einwohner wollten sich mit Vorräten an Lebensmittel eindecken. Beim Anstehen an der Kasse brachen Prügeleien aus. Ich sah es mit eigenen Augen. Dann kamen Plünderer und nahmen sich, was es noch gab.

Die Polizei war völlig überfordert.

Irgendwie ist es wie im Krieg. Aber wir Menschen haben auch sehr lange gegen die Natur Krieg geführt. Es kommt alles zurück, doch niemand will es glauben.

Es gibt keine Zeitungen mehr. Die Leute haben sich in ihre Behausungen zurückgezogen. Fast niemand geht mehr zur Arbeit. Es gibt nur noch wenige Fernseh- und Radiosender, die Informationen übermitteln. In absehbarer Zeit wird alles zusammenbrechen.

Aber vielleicht wird es auch wieder besser. Ich hoffe natürlich darauf. Es wäre schön, wenn Du jetzt hier wärst. Ein Leid nicht allein tragen zu müssen, ist halbes Leid. Eine Freude zu teilen, ist doppelte Freude. Vielleicht erleben wir das auch wieder einmal. Ich wünsche es mir.

Alles Liebe und viele Grüße aus einem tiefen Winter,

Dein Knuth

»Puh, dass es so schlimm ist im Menschenreich, hätte ich nicht gedacht, die können einem ja fast leidtun. Lies mal, hier ist Knuths Lagebericht!« Manolito gab Klara den Brief.

Sie begann zu lesen. »Mein Gott, so viel Schnee und Kälte kann ich mir gar nicht vorstellen. Aber auch, wenn dieser Winter im Menschenreich sehr schlimm ist: Ich bin der Überzeugung, dass die Menschen eine solche Lektion wirklich brauchen. Leider lässt

sich nie vermeiden, dass so etwas auch Unschuldige trifft, die Welt ist nicht gerecht. Aber Tausende waren an dem Versuch, die Wälder Aronias zu zerstören, beteiligt. Alle sind mitgelaufen, keiner hat gesagt: ›Was wir tun, ist nicht recht. Wir sollten die Natur nicht schädigen.‹ Und im Nachhinein, wenn die Katastrophe eingetreten ist, will es keiner gewesen sein, keiner will mitgemacht haben. Diese Art von Verhalten wiederholt sich ständig in der Geschichte der Menschen. Jetzt ist es einmal anders. Die Klimaveränderung ist nicht umkehrbar. Im Menschenreich haben sie das nur noch nicht begriffen, sie werden aber schon bald die Auswirkungen zu spüren bekommen.«

»Jetzt redest du wie eine Regentin!«, rief Manolito.

»Das bin ich auch«, gab Klara zurück. »Die Kämpfe der letzten Monate haben mich müde gemacht. Ich habe es satt, ständig Schlachten zu schlagen. Wenn Phönix nicht geholfen hätte, hätten wir den Krieg verloren. Verzeih, wenn ich jetzt herzlos erscheine und nicht mit den Menschen fühlen kann.«

»Ich kann dich verstehen«, gab Manolito beklommen zur Antwort. »Aber jeder fühlt anders, ich denke eben an Knuth.«

Die Tage und Wochen gingen ins Land. Die Wunden, welche die Menschen Aronia zugefügt hatten, würden noch lange zu sehen sein. Viel Wasser würde die Aphrosydos-Wasserfälle hinunterfließen müssen, bis die Bäume nachgewachsen wären. Doch die Zeit würde ihren heilenden Mantel über Aronia breiten und die Wunden schließen.

Die Erdhöhlen in unmittelbarer Umgebung der Wasserwand wurden von ihren Erbauern wieder bezogen und erweitert. Man konnte sie wieder antreffen: Bären, Füchse, Marder, Mäuse und viele andere Arten. Die Grabungen der Menschen nach Gold und Bodenschätzen unter der Wasserwand und in Aronia hatten aufgehört, es war still geworden in der Erde. Die Menschen führten jetzt ein Leben wie die Eskimos. Sie gruben nun in Schnee und Eis, um zu überleben, Gold und andere Bodenschätze hatten keinen Wert mehr.

Manolito, Klara und Medea waren in den Norden geflogen. Sie hatten den Abzug der Baumfällertrupps beobachtet. Nach einiger Zeit fragte Medea Klara: »Was meint Ihr, Majestät, werde ich noch für Flugdienste gebraucht oder kann ich zurück in die Schlucht der verlorenen Seelen?«

»Ich denke, wir haben jetzt Frieden«, antwortete Klara. »Meine große Mission ist zu Ende. Ich danke dir für deine Dienste. Du bist eine wunderbare Fledermaus. Ich hoffe, wir sehen uns unter glücklicheren Umständen wieder.«

»Ja, gewiss, Majestät«, entgegnete Medea. »Ich wünsche Euch alles erdenklich Gute, und dir auch Manolito.«

Medea brach umgehend auf und flog in unglaublicher Geschwindigkeit zur Schlucht der verlorenen Seelen. Sie hatte ein lange aufgeschobenes Ziel vor Augen: Medea wollte sich verlieben und eine Familie gründen.

Manolito und Klara waren nun wieder zu zweit. An einem warmen, sonnigen Hang lagen die beiden im Ausgang einer verlassenen kleinen Mäusehöhle. Die früheren Bewohner hatten diese mit einer wunderbar weichen Flaum- und Moosschicht ausgestattet. Von hier aus hatten die beiden freie Sicht auf die versunkene Wasserwand und das große Eisstück, das sich seit dem Beginn der neuen menschlichen Eiszeit gebildet hatte. Über dem Eis konnten sie das Schneetreiben im Menschenreich beobachten. Das Gewicht des Schnees presste die unteren Schneeschichten zusammen, sodass sich die tieferen Lagen in Eis verwandelten. Es glänzte wie ein türkisfarbener Aquamarin.

Als er in der Ferne die Eiswand sah, sagte Manolito: »Es ist ein seltsames Gebilde, diese Wand aus gefrorenem Wasser. Sie ist kalt und abweisend und doch wunderschön. Und wie schnell sie entstanden ist. Wir haben zu ihrer Entstehung beigetragen. Unser Besuch bei den Elfen damals hatte doch einen tieferen Grund.«

»Dieser Besuch im Elfenreich gehört zu den schönsten Erlebnissen meines Lebens«, gab Klara zur Antwort. »Dass du mich überredet hast, den Magnetgürtel zu überwinden und dorthin zu fliegen, werde ich dir nie vergessen.«

»Ich konnte nicht anders, eine unsichtbare Kraft hat mich in den Elfenwald gezogen. Heute weiß ich, dass das Elfenreich meine Heimat ist.«

»Manolito, ich muss dir etwas sagen«, begann Klara mit leiser Stimme. »Du hast eine Heimat, in die du eines Tages zurückkehren wirst. Auch ich habe eine Heimat. Du kennst sie nicht, aber ich sehne mich nach ihr. Vor dir liegen noch viele Aufgaben, meine Aufgabe ist erfüllt. Du bist jung, meine Lebenszeit neigt sich ihrem Ende zu. Ich werde in meine Heimat reisen und mich zur Ruhe begeben. Das ist die normalste Sache der Welt. Für jeden von uns kommt irgendwann dieser Zeitpunkt. Wer auf dieser Welt seine Aufgaben erfüllt hat, darf gehen. Meine Entwicklung geht weiter. Du sollst dich nicht grämen oder traurig sein. Es ist gut, wenn man loslassen kann. Nichts auf dieser Welt hat Bestand. Den Tod gibt es nicht. Ich werde nicht sterben, ich werde mich verwandeln. Ich weiß, Abschiede sind schwer zu ertragen. Wende dich deiner neuen Aufgabe zu!«

Das waren Klaras letzten Worte. Manolito begann bitterlich zu weinen. Sein Schmerz war groß. Klaras Seele entfaltete ihre Flügel und machte sich auf den Weg in die Ewigkeit.

Die Dämmerung brach herein. Manolito fühlte sich verlassen und einsam. In die Höhle drang ein starker Windstoß. Der Eingang verdunkelte sich. Seidig glänzte das dunkle Gefieder eines Vogels. Wie zuvor im Traum sah Manolito den Phönix vor sich. Er wusste nicht, war es Wirklichkeit oder Fantasie.

Phönix bat Manolito um den Kristall an seiner Brust. Manolito reichte ihm den Stein. Der Vogel öffnete ihn mit seinem Schnabel und bat Manolito, die darin enthaltene Essenz zu trinken. Manolito tat, wie ihn Phönix geheißen hatte. Dann sprach der Vogel zu ihm: »Die Elfen haben mich geschickt. Ich werde dich in einen tiefen Schlaf geleiten. Morgen früh ist alles anders, als es bisher für dich war. Wie Klara wirst du eine Verwandlung erfahren.«

Manolito versank in einen tiefen Schlaf.

22. Kapitel

Eine Wanderung im Schnee

Als Manolito am nächsten Morgen erwachte, war tatsächlich alles anders. Sein Körper war mit einer warmen Decke zugedeckt. Sie schien fast kein Gewicht zu haben. Beim Betrachten dieser Decke erinnerte sich Manolito an die Manufaktur im Elfenreich, in der solche Tücher in Regenbogenfarben gewoben wurden. Die Gewebe waren heilsam und wärmend. Sie hatten seinen Körper in dieser Nacht der wunderbaren Verwandlung geschützt.

Manolito spürte seinen Körper, aber er fühlte sich anders an, als er es gewohnt war. Es dauerte nicht lange, bis es ihm klar wurde: Sein Körper hatte normale menschliche Proportionen, wie sie im Schöpfungsplan vorgesehen waren. Durch die Experimente im Versuchsinstitut war Manolitos Wachstum unterdrückt worden. Das Elixier aus dem Elfenreich hatte über Nacht sein natürliches Wachstum wiederbelebt.

Manolito stellte fest, dass er sich im Freien befand. Neben sich entdeckte er einen dunklen Koffer. Dieser war mit Sternenstaub bedeckt und gefüllt mit Kleidung, einem Mantel und Proviant für Manolito. Die Elfen hatten an alles gedacht. Nur seine unendliche Trauer um den Verlust Klaras hatten sie nicht vertreiben können. Manolito saß im Gras und wunderte sich. Er konnte kaum glauben, was geschehen war. Es kam ihm vor, als sei alles nur ein Traum gewesen.

Kasimir kam angeflogen. »Hallo, grüß dich, Manolito! Ich fühle mit dir. Es tut mir so leid, dass Klara gestorben ist. Einen guten Freund zu verlieren, gehört zum Schlimmsten, was einem im Leben widerfahren kann. Die Königin wird immer einen Platz in unseren Herzen haben.«

Manolito blieb stumm und sinnierte.

Kasimir redete weiter: »Ich will dich nicht drängen, aber auf dich wartet jemand, der dich braucht.«

»Wen meinst du?«, fragte Manolito.

»Knuth liegt im Bett. Es geht ihm nicht gut. Du solltest ihn besuchen, wenn du kannst«, antwortete Kasimir.

Das ließ sich Manolito nicht zweimal sagen, gleich war er auf den Beinen. Es knackste in seinen Gliedern und Gelenken. Er legte die warme Decke in den Koffer, verschloss ihn und wunderte sich, dass er kein Gewicht hatte. Wenn er ihn losließ, schwebte er langsam wie eine Feder zu Boden.

Kasimir flog voraus. Immer wieder machte er Halt und wartete im Geäst irgendeines Baumes, bis Manolito hinterhergekommen war. Das Fliegen ging um vieles schneller als das Gehen, daran musste sich Manolito erst wieder gewöhnen. Die Wanderung durch Aronia führte zu der Lücke in der Wasserwand. Durch die Öffnung sah man das Eis im Menschenreich. Es war der einzige Weg für Manolito, die Grenze zu überschreiten. Er war auf Kasimir angewiesen. Aber Manolito wusste, dass er sich auf den Raben verlassen konnte. Entlang der abgeholzten Wälder führten die breiten Straßen zu den Menschen. In den Spuren der Straßen wuchsen bereits wieder Gräser und Blumen. Die Natur war dabei, sich das Terrain zurückzuholen.

Manolito lief durch blühende Wiesen. Er freute sich an den Hummeln und Bienen. Emsig schlüpften sie in Blumenkelche und bestäubten die Blüten. Manolito dachte an seine Abenteuer mit Klara. Aber jetzt galt es für ihn, eine neue Zukunft anzunehmen, sich von den alten Bildern zu verabschieden, ohne die Erlebnisse zu vergessen.

Nach einem langen Fußmarsch war Manolito schließlich an der Eiswand angekommen. Mächtig und steil erhob sie sich aus dem fruchtbaren Grün Aronias. Das Eis kündete von den kalten Temperaturen im Menschenreich. Nun galt es, die steile Wand zu erklimmen. Manolito war geschickt. Sein Körper war wendig und leicht. Langsam setzte er einen Fuß vor den anderen. Das Eis war glatt und brüchig. Es machte Mühe, den schmalen

Pfad hinaufzusteigen. Kasimir flog voran. Er saß bereits oben an der Kante im Schnee und beobachtete Manolito, der vor Anstrengung pustete und schnaubte. Eine falsche Bewegung, ein unachtsamer Schritt und Manolito wäre in die Tiefe gestürzt. In dieser schwindelerregenden Höhe war äußerste Vorsicht geboten. Kein Seil, keine Sicherung gaben Manolito Halt. Niemand hatte bisher diesen Pfad ins Menschenreich beschritten. Wahrscheinlich war Manolito der Einzige, der je auf diese Weise in die Menschenwelt gelangen würde.

Als Manolito oben angekommen war, lag eine unendliche weiße Schneefläche vor ihm. Flache Hügel, kein Baum, keine Orientierungshilfe, kein Gegenstand, auf dem das Auge ruhen konnte. Nur Kasimir als dunkler Punkt in der endlosen weißen Wüste.

Manolito blickte dahin zurück, woher er gekommen war. Da lag es, sein geliebtes Aronia. Eine selige Landschaft mit ihren fruchtbaren Ebenen und weiten Wäldern. Still verlor sich der Anblick im Blau der Ferne. »Ob ich wohl jemals wieder in dieses gelobte Land zurückkehren werde?«, dachte Manolito bei sich.

Kasimir weckte ihn aus seinen schweren Gedanken mit einem lauten »Kraaah«. Er flog mit kräftigem Flügelschlag in Richtung Westen. Manolito folgte ihm. Trostlos war die Leere der Eiswüste. Seine Ankunft im Menschenreich war für Manolito ohne Leben und Farbe. So beschwerlich hatte er sich seine Rückkehr zu Knuth nicht vorgestellt. Mühsam kämpfte er sich gegen den eisigen Wind voran. Doch wie wundersam: Sein Körper war geschützt, die Gliedmaßen waren in wohlige Wärme gehüllt. Er hatte den Mantel aus dem Koffer übergezogen, der sich leicht wie ein Hauch von Daunen anfühlte.

Manolito marschierte in Richtung Westen. Dann brach die Nacht herein. Er war müde. Kasimir ließ sich neben ihm nieder. Manolito öffnete den Koffer, nahm die Decke heraus und wickelte sich ein. Kasimir schlüpfte neben ihn in eine Mulde. Keine Kälte, kein eisiger Wind konnten den beiden etwas anhaben. Sie waren umhüllt von immerwährender Wärme, denn die Elfen hatten Sonnenstrahlen in die Kleidung und die Decke eingewebt.

Auf die Nacht folgte ein grauer Morgen. Kasimir weckte Manolito mit den Worten: »Wir müssen weiter, steh auf! Knuth braucht dich.«

Weiter ging die einsame Wanderschaft durch das Eis. Nirgends waren Menschen anzutreffen. Ein paar Hügel weiter kam Manolito endlich in besiedeltes Gebiet. Die Giebel und Dächer der Häuser ragten still aus dem Schnee. Durch die obersten Fensterreihen konnte Manolito in die Wohnungen schauen. Niedrigere Häuser waren vom Schnee völlig zugedeckt. Die Szene war gespenstisch. Endlich kam eine Reihe von Männern vorbei, im Gänsemarsch liefen sie gebeugt hintereinander. Sie waren gezeichnet vom

Überlebenskampf in dieser neuen Eiszeit. Mühsam und stumm kämpften sie sich durch die hohen Schneemassen. Manolito bemerkte, dass die Augen der Männer auf ihn gerichtet waren. Was war es, das ihn von anderen Menschen unterschied? Er versank nicht im Schnee wie die anderen Schneewanderer. Manolito war leicht, unbeschwert. Flink setzte er einen Fuß vor den anderen. Er hatte die Gestalt der Paarfüßler, aber sein Gewicht entsprach dem eines großen Vogels. Manolito hinterließ fast keine Spuren im Schnee. Was aus der Norm fällt, ist den Menschen unheimlich. Die Wanderer fürchteten sich vor Manolito, es war ihnen, als ginge ein Geist über den Schnee.

Alles lag in tiefem Schlaf. Keine Autos, kein Hupen, keine Diskussionen, kein Schimpfen. Die Bewohner schienen in ihren Behausungen zu sein oder sie waren gestorben, man wusste es nicht. Manolito machte eine Verschnaufpause. Er stand in der weiten Eiswüste und blickte um sich. Plötzlich erklang ein Ton. Er dröhnte mächtig wie von einer großen Glocke. Der Klang überzog alles, schwer und warm eilte er über das Eis. Er nahm seinen Weg um den ganzen Erdkreis. Sofort wusste Manolito: Mathilde hatte ihr Ziel erreicht. Sie war am Berg Aldin Palkap angekommen. Nach tausend Jahren hatte Mathilde dort ihren Schnabel gewetzt. Der Bruchteil einer Sekunde der Ewigkeit war vorüber.

Manolito folgte weiter der Richtung, die Kasimir vorgab. Aus den Schneemassen erhob sich eine größere Stadt. Häuserblocks ragten wie große Quader freudlos und grau aus dem Schneegestöber, Relikte einer wuchernden Stahlbetonzeit. Unter der Schneedecke musste es weit in die Tiefe gehen. Versunken waren die Autos und die Eingänge zu den Häusern. Im Eis gefroren schliefen auch die Eisenmonster und Panzer. Alles lag still und friedlich, als würde die Stadt auf eine Erweckung warten.

Zielstrebig folgte Manolito dem Raben. Über einem Giebeldach drehte Kasimir schließlich eine Runde. Rauch stieg aus dem Kamin. Kasimir ließ sich auf einem Balkongeländer nieder. »Wir sind bei Knuth angekommen. Dort, hinter dieser Balkontüre wohnt er. Sie ist nur angelehnt, wir können hinein.«

Manolito kletterte über das Balkongeländer, vorbei an gestapeltem Holz. Der Balkon war vom Schnee geräumt. Er drückte die Glastür auf und betrat Knuths Arbeitszimmer. Manolito erkannte den vertrauten Geruch. Die Dachschrägen gaben dem Raum Gemütlichkeit, in der Ecke stand ein beheizter Holzofen. Auf dem Sofa lag Knuth, eingehüllt in eine Decke, einen dicken Schal um den Hals, allein und hilfsbedürftig. Er hatte hohes Fieber und Schüttelfrost, die Nachbarn hatten ihm einen Arzt gerufen. Manolito betrat den Raum und öffnete sogleich seinen Koffer. Er nahm das Elfentuch heraus und deckte Knuth damit zu. Nur wenige Augenblicke später hörte er auf zu zittern, das Fieber war

verschwunden, Knuth fühlte sich wohl. Er stand auf und konnte das Wunder gar nicht fassen.

Knuth war der festen Überzeugung, Manolito sei der Arzt, den die Nachbarn gerufen hatten. Manolito streckte Knuth die Hand entgegen und sagte: »Grüß dich, mein lieber Knuth, ich bin es, Manolito.«

Knuth setzte sich wieder aufs Sofa, blickte zu Manolito auf und sagte: »Das glaube ich nicht. Das kann nicht sein, wie soll das gehen? Mach mich nicht verrückt.«

Manolito streichelte Knuth über den Kopf. »Ich muss dir alles erzählen. Du wirst vieles nicht glauben. Aber es gibt Dinge im Leben, die sind unglaublich, und doch sind sie wahr.«

Die Freunde fielen sich in die Arme.

»An deiner Stimme, deiner Sprache habe ich dich erkannt!«, rief Knuth. »Wie bin ich froh, dass du wieder hier bist. Doch wie kommt es, dass du so groß bist? Wo kommst du her, weshalb hast du Klara nicht mitgebracht?«

Manolito antwortete: »Das sind viele lange Geschichten. Komm, wir setzen uns an den Ofen. Ich mache uns einen Tee, dann erzähle ich dir alles. Du hättest mir nicht geglaubt, wenn ich dir meine Geschichten geschrieben hätte. Hier stehe ich nun vor dir, als Beweis für all das, was ich erlebt habe. Solange du nur glaubst, was du sehen, fühlen, wiegen und messen kannst, wird dir vieles verborgen bleiben.«

Kasimir klopfte mit dem Schnabel an die Scheibe der Balkontüre.

Manolito sagte zu Knuth: »Der Bote möchte hereinkommen, ich mache ihm auf.«

Kasimir kam ins Zimmer geflattert und schimpfte: »Ohne meinen Einsatz und meine Hilfe wärt ihr zwei hier nicht zusammen. Und ihr lasst mich draußen auf dem Balkon im Schneegestöber schmachten! Niemand denkt an mich. Wenn ich nicht geklopft hätte, stünde ich immer noch hungrig im Schnee. Ja, ja, Undank ist der Welten Lohn. Jetzt brauche ich aber etwas zu essen.«

Manolito entschuldigte sich: »Du hast recht, beschwer dich nur. Das war sehr gedankenlos von mir«. Er holte aus seinem Proviant einen besonderen Leckerbissen. Kasimir fiel gleich darüber her, als habe man ihm einen Engerling serviert.

Mit fragendem Gesichtsausdruck beobachtete Knuth das seltsame Gespräch zwischen den beiden.

Daraufhin erklärte Manolito: »Ja, das ist so eine Sache ... Du musst wissen, dass ich die Sprache aller Tiere verstehe. Das habe ich dir nie erzählt, weil ich nicht wollte, dass du mich für verrückt hältst. Kasimir hat sich soeben beschwert, er sei hungrig und brauche etwas zu essen.«

Knuth murmelte in sich hinein: »Mein Gott, die Welt ist ja viel komplizierter, als es sich die Menschen zurechtlegen. Kasimir kann sich mit dir unterhalten, darum beneide ich dich. Vielleicht lerne ich seine Sprache auch.«

Manolito begann, seine Geschichte vor Knuth auszubreiten. An den langen, dunklen Abenden, die folgten, saßen die beiden oft bis spät in die Nacht am Ofen. Knuth hatte bereits einen großen Notizblock vollgeschrieben. Er war der Meinung, aus dieser Geschichte könne ein schönes Buch entstehen.

Als Manolito am Ende seiner Erzählung angekommen war, fragte Knuth: »Sag mir, Manolito, was müssen wir tun, damit diese Eiszeit wieder in den Norden wandert?«

Manolito antwortete: »Die Herzen der Menschen sind erkaltet. Sie haben vieles vergessen, in der Menschheit ist es dunkel geworden. Unsere Herzen müssen sich erwärmen, sich wieder besinnen. Alles ist mit allem verwoben. Wir benötigen Hilfe. Ich will mit dem Elfenreich Kontakt aufnehmen. Vor zwölftausendsiebenhundertachtundzwanzig Jahren ist es den Elfen schon einmal gelungen, das Eis zurückzudrängen. Aber ich bin mir sicher, ohne eine Veränderung in den Herzen der Menschen wird es nicht gelingen.«

Manolito und Knuth überlegten noch lange, was zu unternehmen sei, wie man am besten vorgehen solle. Wer als Botschafter in das Elfenreich entsandt werden sollte, war allerdings unschwer zu erraten.

Wir wissen nicht, wann die Grasmücke Mathilde von ihrer großen Reise zum Berg Aldin Palkap zurückkehrte. Wie der Rückzug des Eises begann und wie die Menschen die Eiszeit überlebten, ist eine andere lange Geschichte.

Nichts ist so, wie es scheint.

Friedrich Hechelmann

wurde 1948 in Isny im Allgäu geboren. Er studierte an der Akademie der bildenden Künste in Wien und zählt seither zu den bedeutendsten Malern des Realismus. Friedrich Hechelmann ist international als Buchillustrator erfolgreich.

Friedrich Hechelmann wird vertreten von
AVA International GmbH Autoren- und Verlagsagentur
www.ava-international.de

Deutsche Originalausgabe
Erste Auflage 2017

Redaktion und Lektorat: Elvira Maiwald
Gestaltung, Satz, Umschlag: Gudrun Bürgin Gestaltung, München
Herstellung: Weiß-Freiburg GmbH – Grafik & Buchgestaltung
Reproduktion: Rohwein MediaServices, Isny

Printed in Czech Republic

ISBN 978-3-95728-060-2

www.knesebeck-verlag.de